お隣の天使様にいつの間にか
駄目人間にされていた件
Vol. 3
佐伯さん
イラスト はねこと

藤宮周
椎名真昼

白河千歳
赤澤樹
門脇優太

「大丈夫ですよ。味見しましたので」

「どーぞ。美味しく食べてねー」

「……そ、その、
……笑うなら笑ってくださいね」

目次

第1話　新学年の始まり……003
第2話　王子様との接触……032
第3話　天使様と望まぬ押し付け……056
第4話　天使様の決意……071
第5話　天使様の接触と周囲の反応……081
第6話　天使様と調理実習……093
第7話　天使様の提案……125
第8話　天使様の料理教室といたずら……132
第9話　天使様とお出かけ……156
第10話　事情聴取……212
第11話　あなた以外に……231
第12話　両親の心配と過ぎ去る痛み……251
第13話　休み明けの波乱の予感……259

赤澤樹

周の数少ない友人。
快活で誰とでも別け隔てなく接する好青年。
恋人の千歳を溺愛している。

白河千歳

樹の恋人。
ハツラツとした元気印の少女。
いたずら好きで周にもよく仕掛けてくる。

お隣の天使様にいつの間にか駄目人間にされていた件3

佐伯さん

GA文庫

カバー・口絵・本文イラスト
はねこと

第1話　新学年の始まり

「あのなあ、子供じゃないんだからさあ」

　高校二年生になって初めて登校する始業式の日の朝、周《あまね》は母親である志保子《しほこ》からの電話に呆《あき》れも隠さずに返事した。

　わざわざ周が起きて粗方《あらかた》用意をし終わり且《か》つ余裕のある時間帯を狙《ねら》って電話してくる母親に呆れと感心を半々に抱きつつ、心配性だな、とソファの上でそっと吐息を落とす。

　志保子は周が一人暮らしな事を心配しているのではなく、古傷がまた開いてしまう事がないかどうか気にしているのであろう。二年生、というところも重なってくるので、何かに触発されかねないと危惧しているらしい。

　周としては、時折疼《うず》く程度で、極端に痛むという程ではない。忙しい両親に心配をかけさせるような事はしたくなかった。

「大丈夫だよ。別に、一人でも平気だし」

『辛《つら》くなったらいつでも言うのよ？　あ、それより真昼《まひる》ちゃんに甘えるのがいいわ！』

「勝手に言ってろ」

何故《なぜ》真昼に甘える方向に誘導しようとするのか。

志保子が真昼を気に入って、あわよくば良い仲になればいいと思っているからだろうが、息子からしてみれば余計なお世話である。

恋心を自覚している分、親からの干渉はよくもわるくも煩《わずら》わしい。

そもそも真昼を好いていると知られたくないので、こういう会話は適当に流すに限る。

『真昼ちゃんなら受け入れてくれると思うのだけど』

「ハイハイ」

『とにかく、辛くなったら誰《だれ》でもいいから頼るのよ？　私的には是非《ぜひ》とも真昼ちゃんが』

「俺《おれ》そろそろ出るから切る。朝から心配ありがとう」

これ以上続ければ真昼を推してくるのは見えていたのでサラッと礼を言って通話を終了させる。恐らく今頃《いまごろ》志保子は頰《ほお》を膨らませている事だろう。

心配をかけているのはこちらだが、明らかに気の回しすぎである。

昔の傷は痛むことはあるが、蹲《うずくま》るような痛みはもたらさない。

そもそも、不必要に思い出さなければ苦しむ事はないのだ。

（……不必要に手を伸ばさなければいい）

本当に信頼出来る人だけが側に居ればいい。

だからこそ、クラス替えは少し怖さを覚えるのだが、これればかりはどうしようもない問題なので諦《あきら》めて受け入れるつもりだ。

　オフにしてあるスマホの暗い画面には自分の陰気で憂鬱《ゆううつ》そうな顔が反射していて、小さな苦笑いがこぼれる。

　こんな顔を千歳《ちとせ》や樹《いつき》に見られたら背中をはたかれそうだな、と思いながら、周は登校するためにソファから立ちあがった。


　約二週間ぶりの通学路にほんのり懐かしさを覚えながら学校にたどり着き、周は掲示板に近付く。

　クラス分けの名簿が貼《は》られているので、周も確認しないとならないのだ。

　一応多少早めに来たとはいえ新学年という事で早めに来ている生徒は多く、その中には実に珍しい事に友人である樹が先に姿を見せていた。

「おっ、おはよう周。今来たみたいだな」

「おはよう。お前が先に来るなんて槍《やり》でも降るんじゃないのか」

「親父に新学期くらい早く行っておけって追い出されたからなあ」

　軽く笑いつつもつまらなさそうに告げた樹には肩を竦《すく》めておく。

　相変わらず、樹は父親と反目しているようだ。千歳の事があるのでどうしても親に従う気にはならないのだろう。

樹からしてみれば頑《かたく》なに千歳を認めようとしない父親とは分かり合えないし分かり合いたくもないようだ。千歳との交際云々《うんぬん》がなければ厳格なきらいはあるものの真面目《まじめ》で常識的な人で、友人視点ではよい父親なのだが。

それを考えれば、自分は両親とは円満な仲なのだろう。

むしろ大切にされ構われすぎて若干困っているが、彼らは周を尊重するのでいがみ合う事はまずない。

周のために両親は生まれ育った地元から離れたこの学校へと送り出してくれたのだ。おまけに周の交際は制限するつもりがない、というよりはむしろ推奨している。周の真昼への想《おも》いは伝えていないものの、両親自体がいたく真昼を気に入って娘にしたいと言うくらいなので、万が一真昼とそういう関係になっても歓迎してくれるだろう。

自分が家庭環境的には非常に恵まれている事は自覚していた。

(……真昼の事を思えば、俺は多分すごく幸せ者なんだろうな)

真昼の母親が浮かべていた冷たい表情を思い出してなんとも言えない気持ちになっていると、気を取り直したのか樹がへらりと軽い笑みを浮かべる。

「まあ、うちの親父はどうでもいいんだけどさ。ほら、クラス分け見てみろよ」

「そのにやつきから大体察せるんだが」

へらへら、というよりにやにやとした笑みに変わってきた樹を呆れた風に一瞥《いちべつ》して、同じように確認している人の間から自分の名前を探す。

ほどなくすれば、自分の名前を発見して、そこからクラスメイトの名前を確認して、樹の笑みの意味を改めて理解した。

名簿には、見知った名前が幾つかあった。

去年同様今年も同じクラスになった数名の生徒も居て、その中には樹と、去年も同クラスであり王子様とあだ名がつけられた門脇優太《かどわきゆうた》が居る。

更には千歳の名前も見えて、樹の機嫌のよさの半分はこのお陰だろう。

そして、もう一つ見慣れた名前を見付けた。

椎名《しいな》真昼――周が普段からお世話になっており、そしてひっそりと好意を抱いている隣人の名前があった。

（仕組んだみたいだよなこれ）

勿論《もちろん》学校側がクラス分けを決めているので周達は何ら関与していないが、まさか知った顔が何人も居るなんて思ってもみなかった。

「よかったなあ、周」

「何がいいのか分からないな。まあ樹が居るのは安心した」

「なんだ、急なデレ期か」

「お前いっぺん黙れ。お前こそよかったじゃないか、千歳と一緒で」

「ほんとなあ。愛し合った恋人が引き裂かれるのかと……」

「むしろ引き裂いてた方が周りのためかもしれないけどな」

ハイテンションカップルが居ると非常に賑《にぎ》やかな事になる。

その上ナチュラルにべったりする二人なため、独り身の生徒が血涙を流すか当てられて胸焼けを起こしそうなのだ。

仲の良い樹や千歳が居て嬉《うれ》しい反面、この一年が騒がしくなりそうで大変なのが目に見えている。

「ひどい事言うなあ。あれか、恋人が居ない僻《ひが》みか」

「それ他の男子に言ってみろ、視線で殺されるぞ」

「冗談だっつーの、心が狭いなあ。ま、いいじゃねえか。お前の気になってる人が今回は居るんだし」

「……うるさい」

揶揄《やゆ》するような声にそっぽを向けば軽快な笑い声が聞こえた。それがなんだか癪《しゃく》に障って眉《まゆ》を寄せたのだが、小さな笑い声が前方から届く。

「何か知らないけど藤宮《ふじみや》が拗《す》ねてない？　あんまりからかうと嫌われるぞー樹」

間違いなく樹の声ではない声に改めて向き直れば、樹の肩を叩《たた》く王子様こと優太が居た。

周囲からチラチラ視線をもらっている事には気付いているだろうが、慣れっこなのか気にした様子はなく、ただ周を見て人懐《ひとなつ》っこそうな笑顔を浮かべた。

「おはよ。今年も藤宮とクラス一緒だよ。よろしくね」

大した接点はないだろうに、樹と掲示板付近で会話していたところに挨拶《あいさつ》に来たらしい。

優太は樹とも仲がいいらしいので話しかけられるのは不思議ではないが、周にまでこうして親しげな眼差《まなざ》しを送られるのは不思議だった。

こうして人気者に話しかけられるのは居心地が悪い。優太が悪いわけではないのだが、あまり耳目を集めるのは好きではない。

それに、こうして新学期に新しく交友を築こうとすると、昔の事が蘇《よみがえ》ってくる。

じわりと、胸の奥深くから滲《にじ》んでくる痛みは、懐かしいものだ。

割り切って、飲み込んで、奥底に沈めたものの筈《はず》だった。

「……藤宮？」

「え、ああ悪いボーッとしてた。今年もよろしくな」

僅《わず》かに不安そうに眉を下げた優太に軽く笑って返すと、ほっとしたのか柔らかい笑顔を浮かべる。

その笑顔は女子に向けるべきではないか、とほんのり思いながらも純粋に喜んでくれているようなので、こちらも安堵《あんど》した。

優太はそのまま他の男子生徒に話しかけられて離れて行くのだが、それまで黙っていた樹が何かを測るようにじっとこちらを見つめてくる。

「もしかして、優太の事警戒してる?」

「……いや、そういう訳じゃないよ。ただ、俺と仲良くしようとするのって珍しいなと思って」

「うわ出た出た卑屈。別に優太は何か目的があって周と仲良くしようって訳じゃないぞ? 誰も彼もが利益《りえき》があって人と仲良くするって訳じゃないんだし」

疑《うたぐ》り深いやつだな、と呆れ顔の樹に、周は「そうだろうけど」と返す。その後に続けそうになった「でもそういう人間も居るんだぞ」という言葉は飲み込んで。

別に優太がそういう人間だとは思っていない。

去年一年クラスメイトとして過ごしただけだが、それでも彼の人の良さは分かる。優しく誠実で人好きする性格の彼がモテるのも頷《うなず》けるし、友人がたくさん居るのも頷けた。

それはそれとして、周の中に小さく残り続けるしこりが、そして過去を思い出すこの時期が、猜疑心《さいぎしん》を強くしてしまったのだろう。

自分でもよくないとは分かっているのだが、少し身構えてしまうのだ。

「別に門脇がどうとかじゃなくて俺は人見知りだから急に話しかけられたらビビるんだよ」

「まあお前がどちらかといえば人見知りなのはそうだな。オレと初めて話した時とか警戒心バリバリの猫みたいだったからな」

「誰が猫だこら」

「触らなければ借りてきた猫で触るとフシャーと毛並み逆立てて威嚇《いかく》する猫だったよお前は」

人を動物のようにたとえてくる樹に眉を寄せて「どこが猫だ」と小さく呟《つぶや》く。

猫好きとしては、あんな気ままで可愛《かわい》らしい生き物とひねくれた周を一緒にしないでほしかった。

「ま、優太とも慣れれば仲良くなれると思うぞ？　中学含めて三年間同じクラスだったオレが保証するけど、あいつは底抜けにいいやつだぞ？」

「それは見ていれば分かるけど、俺の気持ちの問題だよ。それに、特に話しかける事はないし……」

「向こうから話しかけてくるんだよなあこれが」

「何でだよ」

「んー？　そりゃお前が優太にとってもいいやつだからじゃないのか？」

へらりと笑って言われたが、周にはその基準が分からず思わず眉を寄せてしまうのであった。

「おはー！　今年は一緒のクラスだねー！」

新しいクラスに入りあてがわれた席で提出書類に不備がないかの確認をしていたら、微妙に寝坊したらしい千歳がやってきた。

今年は千歳も樹も一緒のクラスなので、さぞ騒がしく胸焼けする日々が始まる事だろう。

「おはよう。今日は樹と来なかったんだな」

「うん、寝坊したー。やー新学期ってうっかり忘れててママに起こしてもらったんだよねー。いっくんは？」

「さっき自販機に向かってった」

「おけー。ミルクティー頼んどこ。あっ、まひるんまひるん！　今年は一緒のクラスだからよろしくねー！」

誰にでも物怖《ものお》じしない千歳は、先に教室に来ていた真昼にぶんぶんと手を振りながら突撃していった。

男女問わず多くの人に囲まれた真昼は、ぱちりと瞬きをする。

周囲はまひるんというあだなに固まっていたものの、次の瞬間には真昼が普通に受け止めて天使様の笑顔を浮かべているので、許されていると分かったのか微妙に羨《うらや》ましそうな眼差《まなざ》しを向けていた。

ニコニコしながら真昼の元に駆け寄っていく千歳に朝っぱらから元気だな、と呆れと感心を半々に感じつつ真昼に視線を向けていたら、視線が合う。

柔らかい笑顔の質が一瞬変化した気がしたが、次の瞬間には千歳の方に視線が向いて慈しむような眼差しに変わっていた。

「今日どうせ早いし帰りにクレープ食べよー！　駅前のクレープ美味《おい》しいんだよー」

「そうですね、私でよければ」

気のせいか、またこちらを見られた気がしたが、周としては別にいちいちこちらの許可を得ずとも行ってくればいいだろうし制限する気も権限もないので、好きにしてほしい。

昼食はファストフードなりコンビニなりで済ませばいいだろう。実に健全な友達付き合いをしているので、微笑《ほほえ》ましさすら感じる。

千歳のこういうところはとてもよいと思っているので、あまり他人と遊ばない真昼を疲れない程度につれ回したりして楽しんでほしい。

千歳が同じクラスになって一番よかったのは、真昼かもしれない。

千歳の勢いに押されながらも楽しそうに微笑んでいる真昼を遠目に眺めて、周も少しだけ口許《くちもと》を緩《ゆる》めた。

新年度初回の登校は、始業式を終えクラスで自己紹介や連絡事項の伝達の後に解散となった。

昼前には下校する事になり、真昼と共に食事をするようになってからは頼りにする事が少なくなったコンビニで弁当を買って帰宅した周は、食後ソファでだらしなく寝そべる。

新しいクラスは知り合いも多く、見た感じ割と落ち着いた生徒達が多かったので、何とか過ごしていけそうな気がした。

本当に知り合いが多かったのが幸いだ。これで知り合いが一人も居なかったら今後一年間の学校生活が憂鬱《ゆううつ》になるところだった。

自分でも陰の気質だと理解しているので、やはり新たな友人を作って仲良くしていく、というのは中々に難しいのだ。信頼出来る、という段階までたどり着くのが難しいと言える。

よくこんな自分が樹と仲良くなれたな、なんて昔の自分に感心しつつ、周はゆっくりと瞳を閉じる。

慣れないクラスに、少し疲労を感じていた。食後特有の眠気もあいまって、周はあっという間に眠りに落ちた。


周にとって、封じ込めていた昔の記憶は、ささくれに触れるような、小さくとも強い痛みを覚えるものだった。

普段は忘れている、充足した高校生活で記憶の奥底に追いやっていたものだ。

真昼と出会ってから、思い出す事すらほとんどなかった。あったとしても、水面に現れる泡のように浮かんではすぐ消える程度のもので、痛みも僅《わず》かなものだった。

それが今更のように明確に表に浮かんできたのは、新しい年度が始まったせいなのか、真昼の過去に触発されたのか、はたまた胸に楔《くさび》を穿った原因の男と優太が少し被《かぶ》って見えたからなのか。

『今年からよろしくな！』

かつて、そう言って周に手を差し出した男が居た。

当時の周はもっと素直で人を疑う事を知らなかった。

周囲も善良な人達で溢《あふ》れていて悪意なんて早々受ける事がなかった。

だから、彼も、彼等も、そうであると疑わなかったのだ。

『——お前なんて、最初から』

その後に続く言葉は、周が飛び起きたので頭に響く事はなかった。


ほんのりと滲《にじ》んだ視界にはいつも通りの部屋が映っている。

春の陽射《ひざ》しが窓から差し込んで、無灯の部屋を緩やかに照らしている。

部屋には周以外誰も居ないし、自分のいつもより荒くなった呼吸以外音はしない。

はあ、と大きく息を吸って呼吸を整えつつ時計を見れば、微睡《まどろ》み始めたあたりから一時間ほど経過している。うたた寝としてはそれなりの時間寝た筈なのにちっとも疲労が回復していないのは、夢見の悪さのせいだろう。

体と心の疲れ的にはもう一度寝る事が出来そうだが、寝る気分が一気に冷めてしまった。

(顔でも洗ってすっきりしてこよう)

流れる水が周の内側に淀《よど》む澱《おり》をどうにか洗い流してくれる事を祈って、周は洗面所に向かった。

「……周くん顔色悪いですよ」

結局顔はすっきりしても胸の靄《もや》がすっきりする事はなかった。

ただマシにはなったし、また胸の奥底にしまい込んで存在を忘れるまで待とう、という結論が出た。

なので変化を真昼に気取《けど》られまいと一応顔に出さないようにしていたつもりだったのだが、洞察力の高い真昼にはバレてしまった。

千歳との寄り道を済ませてやってきた真昼は、夕食後落ち着いた頃を見計らったように周の顔を見て告げる。

「……体調悪いですか？」

「いや、そういう訳じゃなくて……あー、なんつーか、昼寝したけど夢見が悪くて」

「何か嫌な夢でも見たのですか？」

「ん、まあ。ただ、別にどうって事のない夢だよ。気にしないでくれ」

探るような視線には軽く首を振り、一つ薄い殻を被る。

真昼は賢い。触れられたくない事には踏み込まない。今周が話す気がないと分かれば、退《ひ》く人だ。

周も壁を作る程彼女と打ち解けていない訳ではなく、内側の柔らかい部分に急に触れられると突っ張って痛みを覚えそうだったから、薄い膜一つで隔てる事にしたのだ。そうすれば、真昼は無理に触れてこないのを知っていたから。

周が口にする事はないと察したらしい真昼は、怒るでも悲しむでも困るでもなく、じいっと周を見上げる。

透き通ったカラメル色の瞳に見つめられるのは居心地が悪いのだが、真昼は周の気持ちなど知った事かと言わんばかりに周を見つめていた。

「何だよ」

「いえ、周くんは触り甲斐《がい》のある髪をしているな、と」

「は？」

何を言われるのかと身構えていたら、唐突に意味の分からない事を言われて思わず目を丸くした。

真昼から質問をもらうと思っていたのだが、明らかに関係のなさそうな髪の話になって困惑する周に、真昼はいつも通りの表情で周の髪を見ていた。

「触っていいですか？」

「急になんだよ……そりゃ好きに触ってくれたらいいけど」

「そうですか。じゃあいらっしゃい」

そう言ってソファの端に移動しつつぽんと腿《もも》を叩《たた》く真昼に、周はもう一度「は？」と返した。

意味が分からなかった。

「触りやすい体勢にするために頭載せてください」

「いやいやいや」

明らかにおかしい提案に首をブンブンと振る周を、真昼は静かに見ている。

周としては何故急にそんな事を言い出したのかと混乱の極《きわ》みである。提案した真昼が実に落ち着いているので、余計に周は混乱していた。

「私の腿ではご不満だと？」

「い、いやそうじゃないけどさあ」

不満そうな声にも首を振る。

好きな女の子の腿に頭を載せる機会なんて滅多《めった》にあるものではない。降って湧《わ》いた幸運と言ってもいい。

ただ、それを素直に受け入れられるかはまた別問題なのである。

恐らく、死ぬほど恥ずかしい思いをする。幾ら多少のスキンシップを取る事があるといえど、膝枕《ひざまくら》は別物だろう。

先日のハグは緊急だったし真昼を宥《なだ》め慰めるためだったので羞恥心《しゅうちしん》は極端に強くなかったが、これは違う。

「いいからいらっしゃい」

「い、いやそれは……」

「周くん」

「……はい」

流石に恥ずかしいと拒もうとしたのだが、真昼が微笑みながら名前を呼ぶだけで抵抗する気力が削《そ》がれるのは、恐らく目に見えない圧力が滲んでいるからだろう。

譲るつもりは一切《いっさい》なさそう、というより周の抵抗をへし折っている真昼は、周を誘うようにまたぽんとスカートの上から腿を叩く。

ロングスカートでよかった、と心の底から思いつつ躊躇《ためら》いがちに真昼の腿に頭を載せるようにソファへ横になると、真昼に背中を向けるようにして程よい柔らかさと反発のある感触を覚えた。

無駄な脂肪はないが女の子らしい柔らかさを残した細い足は、周の重さではへこたれないと言わんばかりにきっちりと周の頭を支えている。

そのちょうどいい高さといい、真昼から漂ってくるほんのりと甘い香りといい、心地よい体温といい、周の抵抗心を別の意味で削いでいた。

その上降りてきた手が優しく周の頬《ほお》を撫《な》でるので、力が抜けてしまう。

「俺がこのまま不埒《ふらち》な事をしたらどうするつもりだよ」

せめてもの抵抗としてつっけんどんな声で呟《つぶや》くと、くすりと小さな笑い声が聞こえる。

「勢いよく立ちあがってそのまま踏みましょうか？」

「すみませんでした」

最近は控え目になってきた毒舌を久しぶりに聞いて懐かしさやら言っている内容への恐ろしさやらにすぐに謝るのだが、真昼は周の反応におかしそうに笑っている。

「まあ、周くんはしないでしょうけど。そんな度胸も元気もなさそうですし」

さり気なく度胸がないと言われたのは複雑だったものの、実際に真昼が嫌がるのを考えたらする勇気は持てないので真昼の指摘は正しい。

「元気がないならないで私の好きにさせてくださいな。私としては、大人しくしてくれた方が触りやすいです」

優しく囁《ささや》いて周の黒い髪に白い指を通していく真昼に、周は何も言えなくて唇を結んだ。

（……多分、気遣われてる）

これは真昼なりに元気づけようとしているのだろう。

周がストレスを抱えていた事に気付いて、ガス抜きしようとしてくれているのだと、周は思う。

何故膝枕がガス抜きという発想になったのかは謎《なぞ》だが、実際真昼の膝枕で心地よさと安らぎを覚えているのだから、文句は言えない。

今の周の心が少し疲れているせいなのか、思ったよりも心臓の高鳴りはない。

ただ、ひたすらに微睡《まどろ》むような心地よさが体に滲んで染《し》み込《こ》んでいく。髪を優しく梳《す》かれるのがこんなにも心地良いものだとは思わなかった。

人にこういう風に甘えるなんて久しく、どうしていいのか分からないまま、ずるずると幸福感と満足感の海に引きずり込まれている。

このままではそのまま眠ってしまいそうなくらいに、心地よさに満たされていた。

「ところで、女の子が膝枕しているのに感想の一つも寄越さないとは殿方としていかがなものでしょうか」

やんわりとした微睡みが全身を包んだところでそんな声が聞こえてきて、一気に目が覚めてついでに吹き出しかけた。

「あ、あのなあ」

「千歳さんから男の子が疲れている時は膝枕するとロマンも満たされて疲労も回復するって聞いたのですが」

その言葉でこの膝枕は千歳の余計なアドバイスのせいだな、と察したものの、完全に余計な事かといったらそうでもなく、むしろご褒美になってしまっている辺り千歳を責めきれない。

ぺちぺちと指の腹で周の頬をタップする真昼にどう答えたものかと自然と唇に力が入る。

正直極上の感覚であり、毎日してもらいたいくらいだ。それを口に出せば呆れられるか引かれるかのどちらかであろうから言わないでおくが。

本音は言えないが、かといって褒めない訳にはいかない。

甘えさせてもらっているし、女の子の腿を占領しておいてよくないなんて嘘《うそ》でも言えたものではない。

しかし、馬鹿《ばか》正直に言って引かれるのは目に見えているので、周は悩んだ末マイルドな称賛を口にする事にした。

「……とてもよいものだと思う。けど、無闇《むやみ》にするな」

「人に初めてするのに無闇とか言われても」

初めてという単語に不覚にも心臓が跳ねてしまったが、よく考えずとも彼女は異性をあまり近付けたがらないし身体接触なんてもっての外《ほか》なタイプなので、当然周が初めてであろう。

それをしてくれる程度には信頼してくれてるのだと思うと自然と胸と頰が熱くなってしまうのだが、真昼は周の様子に気付いた感じはなく、満足そうに周の髪を指で梳く。

「まあ、私が勝手にしている事ですので、周くんは大人しく堪能してくれたらよいのですよ。私はモフるだけなので」

「……そうかよ」

要するに、勝手にやってるんだから気に病むな、という事なのだろう。あくまで自分の都合だ、という風に持っていこうとする真昼に申し訳なさとその思いやりにくすぐったいものを感じつつ、周は素直に真昼の言葉に甘える事にした。

「……周くんは、今年のクラスどう思いますか？」

無言で少しの間周の髪と戯《たわむ》れていた真昼が、ふとそんな事を問いかける。

「ん、まさか同じクラスになるとは思わなかったかな」

仲のいい誰かと一緒のクラスになったら安心して過ごせるな、とは思っていたのだが、勢揃《せいぞろ》いするとは思っていなかった。

「ふふ。周くんがびっくりした顔して楽しかったです」

「あのなあ。……そりゃびっくりはするよ。警戒もしないといけないし」

「警戒？」

「真昼に気軽に話しかけたり親しげに振る舞ったりしないように距離を取らないといけないから」

知り合いが居て気が休まった反面、真昼が居るので接し方には注意しなくてはならない。基本的に話しかけるつもりはないが、親しげな態度を間違えて取ってしまおうものなら大惨事が巻き起こるだろう。

周としても、無闇に学校で真昼との関係を持ちたいとは思わない。

周としては、ただ家で一緒に過ごせたら、それでいいと思っている。わざわざ男子の大半を敵に回したいとは思わなかった。

人にこの関係を知られていない以上、話しかけようとは思わない。他人として過ごすつもりだ。

　そこは真昼も分かってくれるだろう、と瞳を閉じたのだが——頰をむにっと摘《つま》まれた。

「……何だよ」

「……いえ、なんでも。理屈として理解はしていますが感情が何もしないのを許さなかったので」

「なんだよそれ……」

　どうやら若干拗ねているらしいが、周にはどうしようもない。

　恐らくではあるが、真昼は学校でも周に話しかけたいのだろう。真昼の弱い部分を知っている周が居れば安心出来るのだろうが、周としてはそれは困るのだ。

　たとえば、周が樹くらいに人当たりが良くて容姿が整っていたら、堂々と話す事が出来たのかもしれない。

　しかし、周は樹のような明るくて人好きするような好青年ではない。突出した何かがある訳でもない。

　周と真昼の間に友情があったとしても、周りがそれを認めるかどうかは別問題だろう。

　天使様はこうだ、この人は相応《ふさわ》しくない、と決めつけて周を排斥する人間が居る事は想像に難《かた》くなかった。

　一人で居る事は慣れているが、周囲から敵意を向けられるのは、嫌だった。

「……まあ、今のところは納得しておきます」

「今のところはというのが気になるが、そうしてくれ」

「家では普通にしてくださいね」

「そりゃな。つーか、普通にするならこの膝枕は止《や》めた方が」

「これはノーカウントです」

　謎の例外発言をした真昼が更に周の髪を梳く、というよりもさもさと空気を含ませるように戯れるので、周はこれ以上言うとまた真昼が拗ねるなと思って口をつぐんだ。

　何も言わなければ極上の感覚をもたらしてくれるので、今回は大人しく享受しておくべきだろう。

　無言で素直に受け入れる周に真昼は気を良くしたのか、先程より丁寧な手付きで周の髪を整え始める。

　その手付きが優しくて慈しむようなもので、気恥ずかしさが少々、しかしそれを上回る心地よさと身に染み込むような幸福感が周の体を支配して、すっかり周は真昼にされるがままだった。

（……これは駄目にされるやつだ……）

　おそらく、このままされ続けたらすぐに眠りの海にダイブしてしまうくらいには、心地よい。

駄目人間製造機真昼の真価を体感してしまい、周は気怠《けだる》さを覚えつつ真昼の温《ぬく》もりに浸ろうと瞳を閉じる。

それだけで急に眠気が襲ってくるから、天使様の膝枕は恐ろしいものだった。

これで真昼のお腹側《なか》に寝返りを打てば温もりと甘い香りで更に幸せになれるのであろうが、流石にそこまですると戻れなさそうなので、真昼に背を向ける事で何とかギリギリ踏みとどまっていた。

真昼が周を愛《め》でるように触れる度にふやけてしまいそうな感覚に陥《おちい》って少し恐怖を覚えるが、抗《あらが》い難《がた》い幸福感に身を預けてしまう。

「……眠そうですね」

小さな囁《ささや》き声が聞こえるが、もう瞼《まぶた》を持ち上げるほどの気力がなかった。

「大丈夫ですよ、ちゃんと起こしてあげますから。ゆっくり寝てください」

慈愛に満ちた甘い囁き声に、周はもう眠気を押し退《の》ける事が出来ず、そのまま身を包み込む睡魔に身を委《ゆだ》ねた。


重い瞼を持ち上げれば、ブラウスに覆《おお》われた山とその奥にある慈しむような眼差しを向ける真昼の顔を見上げる形になっていて、周は飛び起きた。

いつの間にか寝返りを打っていて天井《てんじょう》の方を見ていたらしい。お陰で寝起きに刺激的な光景を目撃してしまって微妙に心臓が跳ねている。

「……どのくらい寝た？」

飛び起きた周に驚くように目を丸くしていた真昼だったが、周の質問にくすりと淡い笑みを浮かべた。

「一時間程度ですよ。可愛い寝顔でした」

「ジロジロ見るなよ」

「周くんが言える事ですか」

余計な感想を伝えてくる真昼を咎《とが》めようとしたものの、真昼に即座に論破されてしまった。

確かに、周は真昼が寝ている時に何度か寝顔を眺めた上頬を触ってしまった事もあるので、人の事は言えないだろう。

「私ばかり油断した姿を見せているので、周くんもゆるゆるになるべきです」

「真昼は勝手にゆるゆるになってるだけで……いへ、いへへ」

「余計な事を言うのはこの口ですか」

両頬をやんわりと摘まれたので「すひまへん」と素直に謝っておく。

「よろしい。まったくもう」

周の謝罪に真昼は満足したのか、うにうにと頬を引っ張るのをやめて、優しく頬をぷにぷにする。結局のところ頬を触る事には変わりないのだが、周も真昼の頬を引っ張ったりしていたので止められはしない。

真昼のものより硬くて伸びないので摘んでも楽しい事はないだろうに、真昼は楽しそうに微笑みながら周の頰を弄《もてあそ》び、それからゆっくりと頰をなぞった。

「顔色よくなりましたね」

「そんなひどい顔してた？」

「いいえ。でも、毎日見てますから、これくらい分かりますよ。周くんだって、私が何かに耐えていたら気付くでしょう？」

「そりゃまあ」

「だからそういう事です」

そうあっけらかんと言ってのけた真昼はもう一度周の頰をなぞって、いたずらっぽく笑う。

「何か辛い事があったら、頼ってくださいね？　あなたが私にそうしたように」

「……善処する」

すっと真昼が頰を親指と中指薬指で挟み出した。

流石にもうつねられて情けない顔を晒《さら》したくなくて「わ、分かったから」と慌てて返せば、満足げに「よろしい」と頷《うなず》かれる。

「……強引だ」

「女の子は多少強引なものです。そもそも、私は外では大人しいので、こういう振る舞いは周くん以外に見られる事はありませんししませんから問題なしです」

「問題大ありだろ」

むしろそっちの方が質《たち》が悪い。つまり、周にしかしないという特別扱いを宣言したのだから。

真昼は特に自分の発言を気にした様子はなく、周の照れ隠しの不機嫌そうな顔を見て笑うので、周は気恥ずかしさを更に隠すためにそっぽを向いて「このばか」と小さく呻《うめ》くのであった。

第2話

王子様との接触

真昼《まひる》と一緒のクラスになったところで、周《あまね》の生活に変わりはなかった。

学生らしく真面目《まじめ》に授業を受けて、樹《いつき》と学食で食事をとり、放課後は部活もないので帰る。真昼と関《かか》わる事はまずなかった。当然と言えば当然なのだが。

少し変わったといえば、一年生の頃よりも優太《ゆうた》とコミュニケーションを取るようになったくらいだろう。

といっても周から話しかけるというよりは優太が気さくに話しかけてくれるといったもので、周はそれを戸惑いながらも受け入れていた。

始業式の日は昔の事が一瞬ダブって警戒したが、優太とかつての友は別人だ。

少し身構えてしまうが、それでも優太を遠ざけたい訳ではないし、接している限り普通に明るくて素直で心優しい好青年だと感じていた。そもそも樹のお墨付きなので、周が危惧するような人柄でないのは確かだ。

二年生として学校に通い始めて一週間もすれば、抱えていた痛みも鳴りを潜めていた。

「お前、あれでいいのか？」

周の前に座った樹が思い出したようにそう口にする。

現在食堂で一年生の時のように食事をとっている。

ちなみに千歳《ちとせ》もこの場に混じる事はあるが、今日は真昼と一緒に食べるらしい。すっかり真昼と公《おおやけ》にも仲良くなったようで少し微笑《ほほえ》ましさを覚えた。

「何がだよ」

「あの人とこのままで」

「別に学校でわざわざ話す必要ないだろ」

というか話すと間違いなく周りから「何だコイツ」のような視線を向けられるだろう。

野暮《やぼ》ったく大人しい分類に入る周が真昼と表だって関わるなんて、自殺行為だ。

「いや向こう話したそうにうずうずしてる気がするんだよなあ」

「……まあ、それは認める」

なるべく真昼は真昼で周を視界から外しているらしいが、時折こっちを見ては心なしかしょんぼりしていたりする。

人の視線がない時に限ってなのでまだいいのだが、千歳が代わりにこっちを見て「このヘタレ」といった旨の視線を寄越してくるので何故《なぜ》か居たたまれない。

「もうあの姿になるしか」

「やだよめんどくさいしそんな見栄えするもんじゃない」

それに、そもそも今は噂《うわさ》が収まったとはいえ、髪を整えた状態で真昼と一緒に居る姿は何度か目撃されているのだ。周＝その例の男と繋《つな》げられると、周の今後の学生生活に支障が出そうなくらいに騒がしくなるだろう。

「お前はどうしてそう……少なくともモテそうなんだけどな」

「どこが」

自分が多少髪型変えたところで急にモテるとは全く思えないが、樹は何故か確信があるようだった。

「お前性格は女の子が彼氏にしたい性格だと思うぞ。口はちょっと悪くても割と素直だし、女の子は大切にするタイプ」

「……普通じゃねえか？」

「その普通が出来ない男子が多いというか、大切にしてほしい女の子の気持ちを汲《く》んで大切に出来るタイプだろ。独りよがりじゃなくて、ちゃんと見て行動に移してそう」

「……なんでそこまで断言出来るんだ」

「じゃなきゃ、表面は愛想いいけど警戒心滅茶苦茶《めちゃくちゃ》高そうなあの人が懐く訳がないだろ」

それを言われると否定出来ない。

ぐ、と唇を噛《か》むと、ほれみた事かと樹が笑う。

「……つーか、ひとついいか？」

「何だよ」

「好きでもなければあんなにも大切にしないよなあ、と」

「うるせえ。悪いか」

もう態度で分かりきっているだろうし隠せないので、ふて腐れ気味に返して頼んだラーメンをすすった。

樹はからかうというよりはやっぱりなあと納得したように頷《うなず》いていて、感心した様子だった。

「俺《おれ》としてはむしろ嬉《うれ》しいというか。大切にしたい人が出来るっていい事だぞ」

「そうかよ」

「成就するといいなあ」

「……別に、俺としては、叶《かな》わなくてもいいよ。あいつが幸せになる相手なら、俺でなくても構わないし」

勿論《もちろん》その相手が自分であれと思うが、真昼が誰《だれ》か知らない男を選んで幸せになるというのなら、それは祝福するべきだろう。

自分が幸せにしたいと思う反面、真昼が幸せになるのなら自分が気持ちを飲み込む事は厭《いと》わない。

真昼は、幸せになるべきだ。恵まれなかった分、沢山の幸せを受けないと今までの努力に釣り合わないだろう。

「……へたれめ」

「やかましい。……そりゃ、俺だって、というか俺が幸せにしたいけどさあ」

「じゃあそれを木人に伝えればいいだろ」

「言えるか馬鹿《ばか》」

まだ異性として好かれているのか確定していないのに告白は出来ない。

そもそも真昼は交際にはかなり慎重派であるし、まずお試しやお遊びという生半可な思いで交際するなんて事はありえないだろう。

真昼の両親の話を聞いた限りでは、真昼は簡単に頷く訳がない。

互いに身を固める覚悟と想《おも》いがないとお付き合いには発展しないと思うので、容易に想いなんて伝えられる筈《はず》がないのだ。

「……ほんっと、奥手というか」

「うるさい。いいんだよ、俺は俺であいつに好きになってもらえるようにするから」

「……こう、第三者から全部言えたらいいんだけどさあ」

「なんだよ」

「別に。……まあ、頑張れ。俺は応援してる」

何故か呆《あき》れたような声で応援されたので、周は眉《まゆ》をひそめつつもありがたく受け取っておいた。

「あれ藤宮《ふじみや》、珍しい」

放課後にゲームセンターに寄っていた周が両替機にお札を突っ込んでいると、聞き覚えのある声が聞こえた。

小銭を財布にしまいつつ振り返ると、優太が立っていた。どうやら彼もゲームセンターに遊びに来たらしく、財布片手に周の後ろに立っていたのだ。

「門脇《かどわき》こそ珍しい。部活は？」

「今日は休み。毎日体に負担かけすぎるのもよくないからな」

「そうか」

陸上部のエースだからと言って部活漬けではないのだろう。休養もしっかりとる、という事らしい。

両替し終わったので退《ひ》いたら、優太も同じように両替機にお札を飲み込ませ硬貨を吐き出させている。

しっかり二千円分程両替をして財布に仕舞った彼は、つい眺めていた周を見て笑った。

「俺、藤宮をこういう所で見かけるとは思ってなかったな。あんまり騒がしい所好きじゃなさそうだし。見かけてびっくりした」

「普通にゲーセンくらい行くよ。あんまお金の無駄遣いはしたくないから滅多《めった》な事ではこないけど」

「ふーん。じゃあ今日は何でまた」

「クレーンゲームしにきた。ぬいぐるみ頼まれたっつーか」

頼まれた、というよりは千歳が『これとかこれまひるん好きそうだよー?』とゲームセンターのホームページにある入荷表を見せてきたので、最近微妙にしょんぼりしてる真昼へ贈り物として取りに来た。

それに、千歳から送られてきた例の写真を見た感じでは、あまり装飾品のない部屋だった。折角ならこういった可愛《かわい》らしいぬいぐるみをあげたいし、くまのぬいぐるみにも仲間を作ってやるべきだろう。

「ぬいぐるみとか取れるのか」

「割と得意」

このゲームセンターはアームの力が強いので取りやすいし、物の重心や配置、アームの力のかかり方さえ理解していれば案外ぽろっと取れるのだ。

小学生時代、志保子《しほこ》に『これはねー、ここにアーム差し込むと取れるのよ。こっちはタグのところにアーム通せばいけるわね』と色々教えてもらったお陰だろう。

母親が無駄に多才なところを見せてくるので、周も妙なテクニックやら知識やらが付いていたりする。

意外そうに優太が見てくるので、物は試しと彼を伴ってクレーンコーナーに移動して、新入荷コーナーにあるうさぎのぬいぐるみが積まれた台に無造作に硬貨を投入する。

アームの強さや配置を見た限りでは、ワンコインで充分だろう。何百円かかけないと取れないものもあるが、これくらいなら問題なく取れる。

あまり知らないが何かのキャラクターらしいうさぎのぬいぐるみの頭と胴体の接続部分を狙《ねら》ってアームを合わせると、うまい事アームに頭が引っかかって胴体は落ちているが頭で支えて固定された状態のまま持ち上がる。

あとはレバーから手を離せば、自動的に取り出し口に落ちてくる。

ぽてんと落下したうさぎのぬいぐるみを取り出して軽く優太に振って見せると、優太は感心したように「おー」と声を上げた。

「ここのゲーセンはアーム強いし、店員が親切だから困ってたら取り方とか教えてくれるから初心者にもおすすめだぞ」

「だからここがいいって樹達が言ってたのか」

優太は「なるほどなー」と得心したように頷いていた。

「ちなみにこれ人にあげるやつ？」

「おう。世話になってるし、日頃《ひごろ》の感謝としてあげようかと」

嘘《うそ》は言っていない。

相手が真昼と言っていないだけだ。お世話になっているのは事実だし、日頃の感謝の気持ちもこもっているのも事実だ。

あとは単純に、ぬいぐるみに囲まれた真昼も可愛《かわい》いだろうな、とちょっぴり私欲が混じっていたりする。

「藤宮はまめな男子なんだな。でもなんか分かる」

「分かるってなんだよ」

「いやー、藤宮って気が利《き》くし紳士的だよなあって。さりげなーく人助けたりしてるし」

「たまたまだろ」

「たまたまでもこっちは助かってるしな。ほら、例の袋とか」

あれすごく助かった、と爽《さわ》やかな笑顔で再度礼を言われて、微妙に気恥ずかしさを覚える。

別に大した事ではなかったのだが、優太はまだ覚えていたようだ。

買い物袋なんてよく手に入るし、恩に着せるつもりはなかったのだが。

「……そういや門脇ってバレンタインのあれ全部食ったのか」

正面から感謝される気恥ずかしさを誤魔化《ごまか》すように疑問だった事を聞いてみると、優太は微妙に表情を曇らせた。

「あー……内緒な？　市販のは食べた」

「手作りは食べなかったんだな」

「……手作りはなあ、なんというか……ほんと、ちゃんとしたのを作ってくれる子も居るんだけどな」

「まずいって事か？」

「いや、たまに髪の毛入れたり明らかに入っちゃいけないようなもの入れてるやつがある」

「なんの呪術《じゅじゅつ》だよ……」

偶然混入ならまだ分からなくもないのだが、優太の調子だとそれが何度も起こっているらしく、意図的に混ぜられているという事だ。

体の一部を入れると仲が近付く、なんておまじないが昔あったような気がしたが、つまりはそれだ。食べさせられる身としてはたまったものではないだろう。

「差し入れとかももらうんだけどさ……そういうのが前にちょくちょくあって怖くてさ、手作り品は受け付けないって事前に言ってるんだ。それでも渡してくる人は気持ちだけ受け取ってお返しする。市販品のようにして紛《まぎ》れ込《こ》ませているものは、申し訳ないけど……な」

流石に異物混入を繰り返されると受け付けなくなって……と哀愁を漂わせた表情で途方に暮れたように呟《つぶや》かれて、同情せざるを得なかった。

「……大変だなモテ男も」

「これで妬《ねた》まれるんだからやっていられないというか……俺はモテたい訳じゃないんだよ。こんな目に遭うくらいならモテなくていい」

「切実だな」

「だって怖いだろ。笑顔で変なもの入れたお菓子とか食べ物を渡してくる女子って」

それはごもっともなので、周も頷《うなず》く。

普通は女子の手作りなんて価値があるものだが、彼にとっては恐怖の対象でしかないのだ。稀《け》有《う》な体験を何度も繰り返しているというのが可哀想《かわいそう》すぎた。

「言い寄られないのって特定の相手作るのが一番かもしれないけどさ……その子がいじめられそうで怖いし」

「……嫉妬《しっと》って怖いな」

「な……」

困り果てたように肩を落とした優太は、ひどく疲れたように見えた。

あまりに同情を誘う立ち姿に、周は近くにあった大袋のポテトスティックの菓子をクレーンで取って彼に押し付けておいた。

「まあ何だ……俺や樹《いつき》で良ければ相談くらいはのるから。食って元気出せ」

「助かる……辛《つら》い……」

本気で悩んでいる優太の姿を見て、モテるっていうのも楽じゃないし楽しい事だけではないんだな、と実感したのであった。


周が帰宅すると、真昼が音を聞きつけて出迎えに来てくれた。

今日の真昼はエプロンを身に付け、髪をお団子にまとめあげた姿である。

普段から料理をする時は髪を結っているのだが、流石女の子というか編み込みを入れたりこうしてお団子にしたりと、実用性の中にも可愛らしさを追求している。

先にご飯を作ってくれていたらしい真昼は、周が帰って来た事に少し安堵《あんど》したような微笑みを浮かべた。

一応遅くなると連絡はしていたのだが、真昼に気遣わせていたらしい。あの後優太とカフェで軽くコーヒーを飲んで愚痴《ぐち》を聞いていいて遅くなってしまったので、そのせいだろう。

「お帰りなさい、周くん。……その袋は？」

「ゲーセン行ってきた。まあ戦利品だ」

うさぎ以外にも取ったので大袋にぎっしり入っていて、真昼からも中身がたくさん入っている事が分かったのだろう。

「……随分とたくさんですね？」

「学食の日替わり定食二食分しか使ってないぞ」

「はあ、何を取ってきたのですか？」

「あとでな。お腹《なか》すいた」

今渡してもいいがどうせならゆっくり反応を見たかったので、後回しにしておく。

それに空腹というのも事実なので、早く真昼のご飯が食べたかった。

「では先に手を洗って着替えてきてくださいね、うがいもですよ。その間にご飯よそってますから」

「りょーかい」

言われなくてもいつもやっている事だが、こうして心配から気遣ってくれるのは嬉《うれ》しかった。

おかんみたいだなあとは思ったものの口には出さず、言われた通りに洗面所に向かった。


「……で、そんなに何を取ってきたのですか」

夕食後、真昼は気になっていたのかソファの側面に立てかけてある戦利品の袋をちらりと見て聞いてきた。

「ん？　ぬいぐるみ」

隠すつもりはないので袋を持ち上げて膝《ひざ》に載せ、留めていたテープを剝《は》がしつつ答える。

「ぬいぐるみ？」

「真昼、好きだろ？」

「す、好きですけど」

「真昼の好きそうなやつ割とあったから取ってきた。ほれ」

今日一番の収穫は、前にあげたくまと同じくらいのサイズのうさぎのぬいぐるみだろう。割と大きかったがワンコインで獲得したので、周としては地味に自慢だ。

白の毛並みにつぶらな瞳《ひとみ》のうさぎを取り出して、真昼の膝に載せてやる。

何のキャラクターかよく分からないがとりあえず真昼が好きそうだったので取ってきたのだが、真昼は膝に置かれたうさぎをじっと見つめるだけだった。

「うさぎ、気に入らなかったか？」

「……可愛いです」

「よかった」

いつものクッションを抱き締めるようにむぎゅっと両腕に抱えて頬擦《ほおず》りした真昼に、一瞬スマホを構えようかと思ったがやめておいた。

ふにゃりと笑顔を浮かべてくれたのでそれを脳内カメラに収めつつ、まだこんもりしている袋から別のぬいぐるみを取り出す。

「まだあるぞ。猫とか犬とか」

あのゲームセンターはアームが比較的強いお陰で周は大体のものを低予算で取れるので、真昼が好きそうなものをひょいひょい取ってきたのだ。

微妙に真昼っぽさのあるベージュと白の毛並みの猫のぬいぐるみや柴犬を模したゆるキャラ

のぬいぐるみを追加で載せると、困惑しているのが目に見えて分かる。

「あ、あの、こんなに……？」

「邪魔だったかな」

「いえそんな事は！　部屋の装飾品とかないですし、可愛くて嬉しいです」

「ならよかった」

わらわらとぬいぐるみに囲まれている姿は、想像通り可愛らしい。

今はうさぎを抱き締めたままだが、次はどっちにしようかと猫と犬を見比べてそわそわしている。

そんな真昼が微笑ましくてついつい笑みを浮かべて眺めていたら、視線に気付いたらしく顔を赤らめてうさぎで顔を半分ほど隠した。

うさぎが白いので、真昼の頰《ほお》の赤らみ具合は一目瞭然だ。

うさぎの耳の隙間《すきま》から覗《のぞ》く瞳が潤んで妙に色っぽさと可愛らしさを出しているので、周としてはやはり眺めてしまう。

とうとう耐えきれなくなったのか、隣に居る周の二の腕に額を当てて顔を隠し始めた。というか、八つ当たりのように頭突きをしている。

まあ頭突きというよりはぽすぽすと当たるだけなので、痛みなんて全くないのだが。

「……にやにやしないでください」

「してないよ」

「してます、笑ってます。子供っぽいって笑ってます」

「そういう笑いじゃないから。可愛いなあと思って」

「……笑ってるじゃないですか」

「おっと」

バレたか、と茶化《ちゃか》したように笑ったら真昼が今度はべしっと腿《もも》を叩《たた》いてきたので、とりあえず宥《なだ》めるように一旦《いったん》頭を撫《な》でておいた。

これで大人しくなってしまう真昼に、今度はばれないように笑った。

「……誤魔化されてる気がします」

「気のせいだな」

「……今日のところは誤魔化されておきますけど」

もう、と不服げに呟いてされるがままの真昼だが、顔と台詞《せりふ》が合っていない事には口をつぐんでおいた。

真昼の膝に載せた猫と抱えているうさぎを見ながらうさぎと猫のハイブリッドだよなあ、と内心思いつつ頭をしばらく撫《な》でていたら、真昼が顔を上げる。

上気した頬は変わらないままだったが、瞳には先程とは別の色合いの不服そうな色が見えた。

「……私、周くんにもらってばっかりです」

どうやらたくさんもらっている事を気にし始めたらしい。

「俺が勝手にあげてるから気にすんな」

「でも、私、周くんにいつももらってます。プレゼントも、気遣いとか、温かい空気とか、全部」

「別に俺があげたいだけなんだから、お前が気にする事じゃないよ」

別に対価がほしくてあげている訳ではなくて、真昼が喜ぶから与えているだけなのだ。

これだと真昼が喜ぶのが対価のように聞こえるが、結局のところは自己満足だしあげたいからあげているのであって、本人が気にする事はなんらないのだ。

それでも真昼としてはもらいっぱなしで気に病んでいるらしい。

むしろ周としては彼女に散々面倒見てもらっているので、恩としてもこれでも釣り合わないと思っているのだが。

「私も何か返したいです」

「強情だなあ。……でもまあそんな気にするんだったら、一つくらいもらっとこうかな」

「私にあげられるものなら、何でも」

本当に言ったら何でもしてくれそうな気がしてちょっと危ういのだが、流石に負担のかかるような事を頼む訳にもいかないだろう。

かといって頼まなければ真昼がしょげてしまう。

「プリン作ってほしいかな」

なので、周が喜んで真昼には負担がない事を頼む事にした。

「……プリン、ですか？」

「卵たっぷりのプリン。真昼の手作りの食べてみたいかな」

「……安上がりに済ませようとしてませんか？」

「んな訳あるか。真昼のだから意味があるんだろ」

甘いものは別に好んで食べる訳ではないのだが、カスタード系は別だ。

プリンやカスタードクリームだけのシュークリームは好きだし、真昼の手作りとあればまず美味《おい》しいものが出来るだろう。

好きな女の子の、それも料理上手の手作りであれば、当然食べたいと思うものだ。

大真面目《まじめ》にお願いすれば、真昼はじーっと周を見上げた後、こっくりと頷いた。

「……じゃあ、今度の休みに作ります。卵たっぷり固めのですよね」

「ん」

「美味しいの、作ってみせます」

「そんな気合い入れなくていいんだけどなあ」

「私がしたいからするのです」

「そっか」

何故《なぜ》か無駄にやる気満々な真昼が決意を示していたので、そんなに頑張らなくてもいいんだけどなあ、とは思ったものの美味しいプリンが食べられるのだから文句は言えない。

頑張れと応援の意をこめてもう一度頭を撫でると、真昼が小さくはにかんでうさぎの後頭部に口許《くちもと》を埋《うず》めた。


プリンは流行《はや》りの生クリームたっぷりのとろとろしたものも美味しいのだが、やはり周的にベストなのはスプーンで掬《すく》っても形が崩れない卵たっぷりで固めのプリンだ。

卵本来の味をしっかりと残しつつも生クリームのコクを秘めたプリンはやや甘めだが、ほろ苦いカラメルのお陰でしつこくない甘さに落ち着いている。

むしろスッキリとした後味で、次々に口に運んでしまうような魅力があった。

甘いものがそう得意ではない周も真昼手製のプリンは夢中になって食べるほどで、あっという間に盛られた皿からプリンが姿を消していた。

「はー、うまい」

「お褒めにあずかり光栄です」

昼食後のデザートとして出してもらったのだが、ぺろりと平らげてしまった。一つでは足りなかったので二つ。

男子高校生の割に周はそこまで食欲はない方なのだが、やはり真昼手製のデザートは別腹だった。

食べた量以上に満足感を覚えて、周は機嫌の良さもあらわにお腹をさすった。

「お前、何でも作れるよなあ」

「一通りは作れるように叩き込まれていますので」

自慢でもなくそう言う真昼だが、実際に彼女の料理のレパートリーは豊富で時折周が知らないような料理が飛び出てくる。

もちろん美味しいし飽きない。真昼のような存在が側に居て自分のために作ってくれるというのは、非常に幸福な事だろう。

「流石《さすが》というかなんというか。お陰で俺は幸せだけどな」

「……幸せですか？」

「そりゃな。うまいもの毎日のように食べさせてもらっといて不幸せなんてありえないだろ。毎日の楽しみなんだぞ」

真昼の料理が日々の楽しみの半分は占めていて、一日の終わりに真昼の料理を食べれば大概嫌な事は忘れる。

毎日作ってもらっている事自体が幸福な事で、毎回幸せを噛《か》み締《し》めながら食べているのだが、彼女はあまり自分の料理の価値を分かっていないのだろう。

以前にも真昼の料理は幸せの味だと言ったのだが真昼はあまり自覚していないようなので、周が絶賛しておかないと価値を理解してくれそうにない。

それに、美味しいものを美味しいと言うのはある種作り手への礼儀なので、素直に伝えるべきだろう。

「……そ、そうですか」

真正面から褒めると、真昼はうっすらと頬を染めて体を縮めた。

「……周くんに褒めてもらえて、嬉しいです」

「俺でよければいくらでも褒めるけどさ。毎日美味しいじゃ足りないか？　もっと事細かに感想を言ってほしいなら全然言うけど」

世の夫婦の亀裂は互いへの感謝を忘れる事から、という。

別に真昼とは夫婦でもなんでもないのだが、毎日料理を作ってもらっている身として感謝の気持ちを忘れてはならないし、味の感想はモチベーションにも繋《つな》がるだろうから、望むなら細かく言うつもりだ。

ただ、真昼はぶんぶんと首を振って拒否の意を示している。

「い、いいです……それはしにます」

「大袈裟《おおげさ》な」

「大袈裟じゃないです。今でも充分ですから」

「そうか？　でも、これからも毎日作ってもらうんだから、ちゃんとお礼は言っておきたいというか。いつもありがとな」

本当に真昼に周の食生活は支えられているので、頭が上がらないし足を向けて寝られない。真昼さまさまである。

真昼が居ないと周は駄目人間一直線なので、是非とも今後も、欲を言えばこの先ずっと隣に居てくれる事を望むのだ。

ありがたい限りだと笑うと、真昼がぷるぷるとマナーモードの着信中のように体を震わせて、それから立ち上がった。

「……周くんのばか」

何故か馬鹿《ばか》と可愛らしい声で罵《ののし》って食器を流しに持っていくので、周も後を追うように自分の使った食器をシンクに運ぶ。

唐突だったので首を捻《ひね》りつつ、周が後片付けする役割なので真昼がしなくても、と真昼の腕を軽く摑《つか》むと、真昼が勢いよくこちらを向いた。

先程よりも赤らんだ顔でこちらを捉《とら》えた真昼が余計に顔を赤くしてしまうので、何だか非常にいたたまれなさを覚えた。

「……お、俺がするから。お前はソファで待ってろ。な？」

くしゃりと頭を一度撫でてキッチンから追い出すと、真昼は小さく唸《うな》りながらソファに突撃して沈み込んでいた。

普段は落ち着いた真昼のらしくない行動に、瞬《まばた》きを一つ。

それから、先程の照れたような恥じらいで満たされた顔を思い出してしまい、頭を冷やすためにも冷たい水で食器を洗う事にした周だった。

第3話 天使様と望まぬ押し付け

天使様と大層なあだなをつけられている真昼《まひる》であるが、その温厚で謙虚且《か》つ心優しい性格と文武両道の優秀さ、そして比類なき美貌《びぼう》はまさに天使と呼ぶに相応《ふさわ》しく、当然モテる。

一年生時には学年問わず数多《あまた》の男子に告白されては全《すべ》て振っていたと本人は自慢するでもなく困り気味に言っていた。

真昼からしてみれば大して知らない人から好意を寄せられて交際を求められるので恐怖でしかなかったそうだ。

そんな真昼ではあるが、頑として頷《うなず》かない事もあり、告白ラッシュは半年もすれば落ち着いたそうで、周《あまね》と関《かか》わる頃には好意を向けられる事はあっても告白される事は減ったらしい。

ただ、減っただけで、あるにはあるのだという事を、周は改めて思い知った。

「俺《おれ》と付き合ってください」

放課後、図書室に借りていた本を返却しに行った帰りの事であった。

図書室は教室がある第一校舎ではなく第二校舎にあるので渡り廊下で移動しなければならな

い。

第二校舎は基本的には授業に関連する教室が集められており、放課後にはあまり人気がなく、精々《せいぜい》文化部の生徒が部室に向かう際に通る程度のものだろう。

なので人通りが少ないのだが、静かだからこそその声はよく聞こえた。

二階の渡り廊下を歩いていたら一階からそんな声が聞こえてきて、周は足音を殺しつつ歩みを早める。

人の恋愛事情など首を突っ込むものではない。

プライベートな事だし、そもそも他人の惚《ほ》れた腫《は》れたはあまり興味がないのだ。

「申し訳ありませんが、交際はお断りさせていただきます」

覗《のぞ》くのも失礼だしさっさと離れるべきだろう、と音を立てないように進むのだが、非常に聞き覚えがある声に思わず体が勝手に急ブレーキをかけた。

柔らかく染《し》み込《こ》むような聞き心地の良い声は、いつもより少しだけ硬さを滲《にじ》ませている。

駄目だと分かっていても、つい窓際に体を寄せてしまう。

一階には、真昼と同級生らしき男子生徒が居た。幸いな事に二人ともこちらには気付いていないようだ。

男子生徒はこちらに背中を向けていて表情は見えないが、真昼は静かな顔で相手を見ている。

いつもの天使様と呼ばれる端整な顔が若干申し訳なさそうに歪《ゆが》んでいるのは、受け入れるつもりがサラサラないからだろう。

「どうして、」

「私はあなたの事を知りません。非常に申し訳ないとは思っていますが、交際を求められてもお応《こた》えしかねます」

「付き合ってから親交を深めるのは」

「私にとって男女交際は好きな相手同士でするものです。信頼関係を築いた上で同意の元お付き合いするものでしょう。お試しでお付き合いするというのは双方に失礼ですし、私のポリシーに反しますので」

真昼の家庭環境を思えば、好きでもないのに交際するというのは真昼の地雷だろう。

そもそも異性から好意を受ける事そのものを煩《わずら》わしく思っていそうな真昼なので、付き合ってほしいと言われても頷く訳がない。見知らぬ他人なら、まずお断りする。

柔らかい口調ながらきっぱりとお断りした真昼は、それ以上に話す事はないと一度頭を下げて踵《きびす》を返したのだが……男子生徒が、真昼の手を摑《つか》んだ。

その勢いに小さく「きゃっ」と可愛《かわい》らしい声を上げた真昼は、振り返って困ったように眉《まゆ》を下げている。手を握られて痛そうにも見えた。

「あの、困るのですけど」

「ごめん、でも諦《あきら》めきれないんだ」

「それでも私はあなたとお付き合いするつもりはありません。離していただけますか」

今度はやや強めに告げるものの、あくまで天使様の範疇《はんちゅう》だ。

乱暴に振り解《ほど》くという行動までは至らないがやや迷惑そうにする真昼に、男子生徒が真昼の手を引きながら更《さら》に言い縋《すが》ろうとしている。

真昼は相手が何をしてくるのか警戒しつつも、僅《わず》かにひるんで怯《おび》えたように眉尻《まゆじり》を下げたので、このままにするのはよくないと周は眉を寄せて半開きの窓に手をかけた。

「無理に言い寄って思い通りにしようとしているのに、好意的に見てもらえる訳がないと思うんだが」

わざと二人に聞こえるような声量で呟《つぶや》いて、窓枠に緩《ゆる》く腕を置いてもたれる。

二人からしてみれば突然の乱入者に、男子生徒が勢いよく振り返った。

真昼はというと声だけで誰《だれ》か分かったのか、明らかに安堵《あんど》した様子で、相手の力が緩んだ隙《すき》に男子生徒の手からすり抜けて距離を取っている。

表情から本当に困っていたのは明確だし、周がギリギリ気付けるようなものではあるが相手の自分本位な行動に対して嫌悪感と恐怖が見える。

（そりゃ怖かっただろうし嫌だっただろうよ）

言い寄る事が逆効果なのを理解していない男子生徒に呆《あき》れやら苛立《いらだ》ちやらを感じつつ、周はあまりよろしくないと自覚している鋭い目つきのまま相手を見る。

分かりやすく男子生徒の顔がひきつった。

別に、周は何もしていない。ただ、じっと真昼の手を掴んでいた男子生徒を見ているだけだ。彼が何もしていないと自分で思っているなら、この視線はただの視線にしか感じられない筈だ。やましい事をしていないなら、だが。

「悪い、立ち聞きするつもりはなかったんだけど……たまたま通りかかったら嫌がってる風に見えたから、つい。それに、椎名《しいな》が痛そうにしてたから」

ひらりと手を振りつつ真昼の反応を口にすると、更に男子生徒の顔色が悪くなる。

「椎名、実際のところは？」

「……乱暴に掴まれて少し痛いですし、女性の体に無断で触れるのは失礼だと思います」

「だ、そうだ。気を付けた方がいいぞ」

真昼も刺激しすぎない程度に嫌がる素振《そぶ》りを見せてくれたので、あくまで淡々と諭すように声をかけると、男子生徒は一度強く唇を噛《か》んだ後「ごめん」と告げて走り去っていった。

素直に退散してくれた事にほんのり安堵しつつ、真昼に視線を送る。

触れられた手を胸に抱きながら困ったようなへにゃりとした淡い笑みを浮かべる真昼に小さく胸が痛んだが、学校内なので気軽に声をかけられない。

それは真昼も分かっているのか、ぺこりと会釈《えしゃく》をして背中を向ける。

その小さな背中はいつもより小さく見えて、周は気遣わしげに遠ざかる背中を見送るしか出来なかった。

「今日は助かりました」

帰宅後、着替えてやってきた真昼は困ったように微笑みながら開口一番に口にする。

真昼も思うところはあったのか、些《いささ》か疲れた様子でソファに腰かけていた周の隣に座って背もたれに体を預けた。

普段ならぴしりと姿勢よく座っている事が多いので、真昼も堪えたのだろう。

「正直余計な事したかもって思った」

「いえ助かりましたよ。言っても離してくれませんでしたし。普段は私が告白を受け入れた事がないと知られていますし、断られると分かっているみたいで結構あっさりと退く方が多いのですけどね」

何十人に愛の言葉を伝えられているのかは知らないが相当数告白されたらしい。とはいえ真昼が受け入れた事はない。仮にお付き合いしている人が居るなら、周とこうして二人きりになる事はまずないだろう。

「……真昼はやっぱりモテるなあ」

「まあ、そうですね。私としては嬉《うれ》しくないのですけど」

さらりと認めた上できっぱりと意思表示する真昼は流石としか言いようがない。

「好意を持っていただく事自体はありがたいと思っていますが、こうも呼び出される頻度が多いと……」

予定があるのに勝手に予定を入れられると困ります、とほんのり申し訳なさそうに呟く真昼に、やはり定期的に告白されているのだと思い知る。

周は学校での真昼にあまり関わらないようにしているし真昼の事を考えるとどうしても見てしまうので、意識的に真昼を必要以上に見ないようにしていたので、呼び出しがどれほどのものか知らなかった。

「真昼の性格上、律儀に向かってお断りするからな」

「相手が私に真摯《しんし》に思いの丈《たけ》を伝えてくるなら、それを受け止めてお断りするのは当然でしょう。呼び出しを無視したり相手の気持ちを蔑《ないがし》ろにしたりするのは失礼ですし。まあ、全員が全員真剣かと言えばそうでもないのですけどね」

「そうなのか?」

「ええ。何かしらの罰ゲームで私が頷かないと分かって告白する方も居れば、私が可愛いから側に置きたいといった感情や言葉を向けてくる方も居ます。そんな安い女になったつもりはないのですけどね」

「よくもまあそんな感情持って告白出来るな、そいつ」

告白をするなら真摯《しんし》な気持ちで伝えるもの、という固定観念がある周からしてみれば理解出来ない。前者は前者でちょっとどうかと思うし、後者はいい加減な気持ちで相手を求めるのは失礼にあたるだろう。そもそもそんな浅い気持ちを周は好きとは認めない。

「私もそういった方には丁寧にお断りしてさっさと去りますよ。根本的に受け付けませんので」

有り得ません、と冷めた声になっている真昼に、周は初めて真昼が周の家に入った際一度彼女の地雷を軽く踏んだ事を思い出して何とも言えない気持ちになった。

やはり、真昼は真剣な交際以外有り得ないと思っているようだ。

周もそうなので、あの時は語弊であったとはいえ失礼な事を言ってしまったと改めて反省しつつ真昼を窺《うかが》う。

以前のような冷え切った瞳《ひとみ》ではないが、呆れと軽蔑《けいべつ》感を滲《にじ》ませた眼差《まなざ》しに、向けられているのが自分ではないと分かっていても周も少し身が縮んだ。

「そもそも、素朴な疑問なのですけど……私はよく知らない相手に告白されて頷くような軽い人間に思われているのでしょうか」

「いやそうじゃないとは思うけど……」

「では何故《なぜ》見込みのない告白をするのでしょうか。知られていないのに受け入れられると思うのが不思議なのですが」

見知らぬ人間に迫られても怖いだけなのですけど、と数多《あまた》の告白を受けていた真昼は困ったように呟く。

「……自分を認識してほしい、とか好きな気持ちを抑え切れなかった、とか？」

「抑え切れないから私に乱暴に手を伸ばしてもいいと？」

　ムッ、とご機嫌がやや下方向に傾きそうな真昼には、誤解を解くようにきっちりと首を横に振る。

「いいや、それは別だ。気持ちを育む事は悪いと思わないが、それを相手に押し付けて自分本位に相手を手に入れようとするのは駄目だろう。あいつの行為をかばうつもりはないしむしろ俺も怒ってる」

　告白するのは、真昼が魅力的だからだしそれ自体は否定しない。あまり面白《おもしろ》くないのは周が真昼の事を好いているからで、ごく個人的なものだ。

　ただ、彼が真昼に無理に迫ったのは肯定出来るものではない。好きだからという免罪符を片手に嫌がる事をする時点で、それはただの押し付けになる。

　今回はたまたま周が居たのでそれとなく邪魔をしたが、周が居なくてあのまま強引に触れられていたらと思うとゾッとした。真昼は敵だと認識した場合容赦ないので物理的に拒むとは思うが、それでも不愉快なものは不愉快だろう。

「……そうですか」

「当たり前だろ。男の力を利用して押し付けるのは論外だ。……怖くなかったか？」

「ちょっと怖かったですけど、もし何か危害を加えようとしてきたら全力で局部を蹴《け》り上げるつもりでした」

　やはり物理的に制裁を加えるつもりだったらしい。

　真昼は確実に遠慮なしにする。襲われそうになったなら周囲も真昼に同情するだろうし、文句はつかないだろう。

「それくらいでいいと思うぞ。聞いててヒュッとするけどな」

「別に周くんにはしたりしませんよ？」

「そもそもされるような真似《まね》をしない」

　そんな事をしたら確実に両親から勘当される。周のポリシーからしてもまずない。女性に力で迫るなんて男の風上にも置けないだろう。

　有り得ないときっぱり否定したつもりなのだが、真昼は微妙に呆れたような顔になっていた。

「……でしょうね。紳士的な周くんですからね」

「何で俺呆れられてるの」

「褒めてるのですけどね」

「目線が褒めてない」

「気のせいです」

　声も眼差しも賞賛から程遠い、むしろ不満げで、言っている事と態度が違いすぎて意味が分からなかった。

何だか真昼の視線が居心地悪くて視線を泳がせると、仕方ないなあと言わんばかりの小さな笑みが真昼に浮かぶ。

「まあ、周くんはそういうところが素敵ですけど、難点でもあるんですよね」

「何の難点だよ……」

「私にとっての、ですかね」

からかうような、いたずらっぽさを含んだ微笑みにドキリとして思わず目を逸《そ》らすのだが、真昼は周の様子に気付いてはおらず、そのまま周に少しもたれた。

周の心臓が余計に跳ねた事にも、真昼は気付かない。

「こういうと自信過剰に聞こえるのですが、モテるのも考えものでしょう?」

そうして掠《かす》れた声で呟いた真昼は、本当に困ったように見える。

「私は客観的に見て自分の容姿が人より優れている自覚はありますけど、こういった事が多いから辟易《へきえき》しています」

「……大変そうだもんな」

「大変ですよ。同性からすれば贅沢《ぜいたく》な悩みなのかもしれませんけど、知らない相手から告白されて断ったら縋《すが》られて下手をすれば摑みかかられたり逆上されたりとか勘弁願いたいです。ただでさえ告白されるのも断るのも神経使うのに。断る度にこちらも申し訳なさがあるのですよ」

敵と認識した人間には情けをかけないが、基本的に真昼は善良で良識的な人間で、本質的にはお人好《ひとよ》しとも言える。

「私が私として居るだけで危害を加えられるとか冗談じゃないです。誰かに消費されるために私は自分磨きをしている訳ではありません」

辟易したように呟く真昼は本当に疲れた様子で、人気者には人気者なりの苦労があるのだとヒシヒシと伝えてくる。

周にも聞こえるため息をついた真昼が辛《つら》そうなので、周の手は自然と真昼の頭に伸びていた。

無理にでなく、そっと気遣うように触れると真昼は素直に受け入れるように周の手を好きにさせる。

今日の男子生徒と違うのは、信頼関係があるか否《いな》かだろう。

細い髪を絡《から》ませないように丁寧な手付きで触れれば、心地よさそうに瞳を細める。その仕草を猫のように感じてしまうのは、真昼が信頼した相手にしか甘えない気質だからかもしれない。

「学校の『私』は私が選んだ事ですけど、だからといって私に手を伸ばされても困るのです。私は私が触れてほしい人にしか許しません。勝手に触らないでいただきたいです」

ちょっぴり、いやかなり不満げな真昼の言葉に、思わず手が止まってしまう。

今真昼は周の手を好きにさせているが、弱っているからで本当は致し方なく放っているだけなのではないか、と一瞬思ってしまったのだ。

「何故《なぜ》そこで止めようとするのですか」

「いや、その……最近調子に乗って触ってしまっている事を後悔して恥じているというか」

「嫌なら最初から拒んでますから安心してください」

「そ、そうか」

「もっと触ってくれてもいいのですよ？」

周の顔を覗き込んで柔らかく唇をたわませた真昼の瞳は信頼と、ほんのりとした期待がちらついていて、周はぐっと息を飲んだ。

「そ、それはその」

「冗談です」

言葉を返しあぐねていた周をからかうように笑っていつもの表情に戻った真昼は、瞳を伏せる。

「でも、手は握ってください。……今日触られて、ちょっと嫌だったので」

小さく呟かれた言葉は途方に暮れたような、心底困り果てた声で呟かれていて、周は唇を噛み締《し》めて真昼の手を取った。

華奢《きゃしゃ》で細く、繊細な指。指をなぞれば柔らかさを持ちつつも引き締まっていて微《かす》かにペンだこがあり、弱いだけの手ではない。

それでも、男に抵抗するには力が足りないだろう。

振り払う事をしなかったのか出来なかったのか、分からないが、真昼が不安に思ったのは事実だ。

奥で縮こまった恐れをほぐすようにやんわりと撫《な》でて揉《も》むと、真昼は少しだけ安心したように笑う。

「不思議ですね、周くんには触られても心地よいと思うだけなのに」

「そこはもう少し最初の頃の警戒を戻してほしい」

こんなに触らせていいのか、という意味を込めて真昼の瞳を見れば、美しい微笑みを返される。

「あら、今の私にご不満で？」

「ふ、不満とかじゃないけどさあ。……いいのかよ」

「よくなかったらそもそもこの家に居ませんし触れさせませんよ。膝《ひざ》も許してません」

「膝は許すなよ……」

「しっかりと堪能したのに？」

それを言われると、周としては反論しにくい。

うっかり真昼の腿《もも》に頭を乗せて熟睡してしまったので、やめろと言っても説得力がない。真昼の方から持ちかけてきたが、結局のところ乗ったのは自分だ。

なので、周は微妙に視線を逸らしながら「……それはそれ、これはこれだ」と返すと、おかしそうに笑われた。

「ふふ。その返し方は便利そうなので覚えておきますね。……安心してくださいね、お疲れの時はいつだってして差し上げますよ」

「っえ、遠慮しとく……」

そんな事をされていたら、真昼から離れられなくなってしまう。あの至福のひとときを毎回のように与えられたら、周は確実に駄目男一直線である。元々駄目人間ではあるが、別の方向に理性もろとも堕落してしまいそうだ。

自分の理性や矜持《きょうじ》を守るためにもやんわりと断ると、さして残念そうに思っていないやや愉快そうな微笑みで「あら残念」と言われるので、からかわれていたのだろう。

「……からかうなよ」

「からかってませんよ。本気ですし」

それはそれで質《たち》が悪いので、周は真昼に不満を伝えようとにぎにぎと揉んでみせるのだが、真昼はくすぐったそうに笑うだけだったので周はそっぽを向いて羞恥《しゅうち》を誤魔化《ごまか》すのであった。

第4話　天使様の決意

「樹《いつき》、藤宮《ふじみや》ー、一緒に飯食おうぜー」

学校での昼休憩、いつものように樹と昼食をとろうとした周《あまね》に、最近聞き慣れてきた声がかけられる。

見れば、相変わらずの爽《さわ》やかで且《か》つ人懐《ひとなつ》っこそうな笑みを浮かべた門脇《かどわき》が片手を挙げていた。

普段なら昼食は別の友人と食べている優太《ゆうた》だが、今日は違うらしくお財布を片手に近寄ってきたのだ。

優太は二年生に入ってちょくちょく声をかけてくれていたが、彼とすごく仲良くなったかといえば別だった。

ただ、先日軽く愚痴《ぐち》を聞いたお陰かお互いに親近感が湧《わ》いたし改めて優太が人柄的によい人だという事を理解して、周も彼に対するスタンスも少しずつ樹に対するものに寄っていくのを自覚していた。

「俺《おれ》は別にいいけど……」

「樹もいいだろ？」

「何オレ断らない前提なの。いや断らないけどな?」

「じゃあいいじゃん」

「そうだけどさあ、こう、お兄さんはお前らに色々と気を回してたのにいつの間にかちょっと打ち解けてるし優太は周に懐いたくさいし」

「懐いたって……犬じゃあるまいし」

「優太は割と犬系だぞ。一回信用して懐くとしっぽ振って構え構えってくるタイプだし。なんつーかゴールデンレトリバーっぽい」

「お前ら本人の目の前で犬とか言うなよ」

樹に突っ込みを入れているが、雰囲気が確かにゴールデンレトリバーだと思うとつい笑ってしまう。

周が肩を震わせたのに気付いた優太はムッと少し不服そうにしたが、気分を害したというよりはからかわれて表面的に拗《す》ねたというような感じだ。

「藤宮も笑うなよ」

「い、いや、すまん」

「周もやっぱ思ったんじゃねえか」

「いい得て妙だなと……」

「くっ藤宮お前まで。あのなあ、俺は単に藤宮はいいやつだって思ったから仲良くなりたかっただけだよ」

「まあ周のいいところを知るやつが増えるのはよい事だ、近うよれ」

「何様だお前は」

ぺしーん、と手の甲で突っ込みを入れつつ言葉通り近寄ってきた門脇は、周と視線を合わせてにかっと眩《まぶ》しいスマイルを浮かべた。

向ける相手を女子にしたらさぞ落とせるんだろうなという笑顔に、周は苦笑が浮かぶ。

「……一ついいか？」

「ん？」

「友達は俺でいいのか？　別に、俺と友達になってもメリットはないぞ？」

優太は周に興味と友人としての好意を持って仲良くなろうとしてきているのだろうが、昔の記憶が、少しだけ悪さをした。

こんな事を言いたい訳ではなかったのだが、口をついて出てしまったのだ。

周の言葉に、優太はきょとんと不思議そうな表情を浮かべる。

「藤宮は損得で友達付き合いしてないだろ？」

「そうだけどさ」

「じゃあいいだろ。俺は藤宮と仲良くしたいから話しかけてるんだし」

からりと晴れ渡った空のような笑みに、周は彼の存在が眩《まぶ》しくて目を細めた。

「……おう」

「うんうん、仲良き事はよき事だ」

樹がにやにや笑いながらそう感想を口にして、すいっと視線を別の場所に移す。

樹の視線の先には、笑顔で「まひるんはいじらしくて可愛《かわい》いなあもう」と真昼《まひる》に抱きついている千歳《ちとせ》と、されるがままの真昼が居た。

千歳のスキンシップはいつもの事だし、クラスでも最近慣れ始めたのか美少女同士の触れ合いとして捉《とら》えられて微笑《ほほえ》ましそうに、もしくは羨《うらや》ましそうに眺められていた。

周もいつもの事として見たのだが、樹は二人の戯れを見ながら小さく苦笑した。

「どうかしたか？」

「んーにゃ、なんでも」

彼は誤魔化《ごまか》すように笑って三人で食堂に行くべく歩き始めたので、周と優太もそれについていくように歩き出した。


「……なんか拗《す》ねてない？」

家に帰って夕食後、微妙にご機嫌が斜めそうな真昼に躊躇《ためら》いながらも声をかけると、真昼はぱちりと大きく瞬きを繰り返す。

「……もしかして顔に出ていましたか」

「え、うん普通にご機嫌斜めだなと。何か俺悪い事したのかなって心当たりを頭の中で探ってた」

真昼が拗《す》ねるという事は基本的に周が何かした時だ。ただ、今日は真昼に対して何もしていないので、本当に心当たりがなかった。

真昼は真昼で顔に出していたつもりはないそうで、自分の頬《ほお》をぷにぷにと触って確かめていた。

「俺が何かしたなら謝るけど」

「い、いえ、周くんが悪い訳ではないのですよ。ただ、私が狭量というか」

「真昼が狭量なら大概の人間は心の広さがミリ単位になるぞ。どうせ俺が何かしたんだろ」

基本的には怒らないし何かあっても相手を認める方向で納得する真昼が狭量な筈《はず》がない。というかそれなら周なんて狭量中の狭量になってしまう。

何が原因で拗ねているのかは分からないが、真昼が拗ねるならそれだけの事があったという事だ。そして彼女は懐《ふところ》に入っていない人間にはあまり感情を動かさない質《たち》でもある。なので基本的には寛容な真昼が拗ねるという事は、十中八九よく側に居て心を許してもらっている周が何かしたという事だろう。

「……本当に周くんは悪くないというか……その、周くんの事ではあるのですけど」

「よく分からないが俺が原因なら……」

「分かってないなら謝っちゃ駄目です。というか私がむしろ謝るべきというか」

「それこそ何でだよ」

「心が狭いからですっ」

「分かった分かった、仮に真昼が心が狭いとして、何にムカついてるんだ」

ちっとも心が狭いとは思っていないのだが話を進めるために仮定すると、真昼は微妙に気まずそうに視線を逸《そ》らした。

「……その、ずるいって思って」

「ずるい？」

「門脇さんが」

「門脇が？」

「同性だから気軽に話しかけられるのはずるいです。私は我慢しているというのに」

「我慢って」

「周くんの生活を乱さないため、余計な勘ぐりを避けるため、迷惑をかけないために、私は学校では他人の振りをしていますけど……これだと私だけが寂《さび》しいです」

疎外感を感じている、という事なのだろう。

学校での真昼は相変わらず天使様として振る舞っていて、決して必要以上に異性には近寄らないし皆に等しく笑顔を向けている。その徹底っぷりは感心するほどであった。

真昼としては、やはり周といつものように話したいらしい。そうすれば各所に影響が出るため控えているようだが、同じように異性からは一定の距離を置いている人気者の優太が周と仲良くしようとしている事に思う事があったのだろう。

寂しい、という言葉に申し訳なさを覚えながらもどうしようもないので眉《まゆ》を下げると、真昼もしょんぼりと眉を下げる。

「赤澤《あかざわ》さんも千歳さんも門脇さんも周くんと仲良くしてるのに、私だけのけ者みたいです」

「う」

しょげた顔でそう言われると、弱い。

周は前から千歳とは普通に話しているため、周と真昼の仲を知っている二人とは学校でも普段通りに話せる。ただ、真昼とは流石に話せず、千歳が樹に話しかけにきた時は真昼が仲間はずれになるのだ。

他にもクラスで友人は居るようだが、千歳ほど打ち解けてはいないので、どうしても少し寂しそうに見えてしまう。もちろん天使様の笑顔で包み隠しているが、慣れてきた周にはやはり寂しそうと捉えてしまう。

それは分かっているし何とかしたいものはあるが、流石にはいそうですかと頷けるものでもなかった。

「……でもさ、天使様がいきなり俺みたいな地味な陰キャと仲良くするのはおかしいだろ？」

「何でそこで自分を卑下《ひげ》するのですか。怒りますよ」

むむ、と眉を寄せた真昼がちょっぴり怒ったように周の鼻を人差し指の先で小突き出す。

「今日お三方のお話が聞こえてましたけど、周くんは自分を卑下するのをやめるべきです。そもそも損得勘定云々《うんぬん》言うなら最初から私は周くんと仲良くしてません。あの時の私目線では出会った当初の周くんはものすごくだらしのない人でしたからね、親しくして何の得があるのですか」

「説得力がありすぎる」

周と真昼の交流は周の食生活に対する同情とほんの僅《わず》かな罪悪感から始まったものであって、それがなければそもそも交流なんて起こり得なかっただろう。損得勘定だけで言うならありえない。

それでも仲良くなったのは、そこに損得勘定抜きの情があったからだろう。それは親切心や罪悪感、同情と色んなものが含まれているが、その感情をきっかけにお互いを知って親しくなっていったのだから、メリットなんて関係ないのだ。

「もちろん、今は周くんが人柄も良くて優しくて素敵な人だと分かっていますのでその点では親しくする事にメリットがあると言えますが、私にはそんなの関係ないですし。私は周くんの人柄が好ましいから仲良くしていますし、門脇さんも彼が言っていた通りの理由でしょう。ですので、自分を低く見るのはよくないです。あなたを認めている私達への侮辱になりかねないです」

「……ごめん」

「深刻に謝らなくても結構です。私はあなたに自信を持ってほしいだけですし」

ツンツンと頬を突かれてほんのり痛みを覚えるが、その痛みは嫌なものではなかった。

「とにかく、周くんは自己評価低いところは欠点ですので直さないと駄目ですよ。もっと自信満々でいいのですよ」

「自信満々ってあのなあ……」

「いっそ私が周くんは素敵な人だと喧伝《けんでん》するとか」

「それやられたら俺が恥ずか死ぬし何なんだあいつと周りに言われるよ」

周囲からは特に関《かか》わりがないと思われているのにいきなり真昼が褒めてきたら色々と疑うだろう。

「そこは頑張って不自然でないようにしますよ?」

「それ学校で関わる事確定してるだろ」

「……だって、私だけのけ者なのは嫌ですし。許されるならみなさんと同じように接したいです」

周はそういうしょげた顔に弱いと分かっているのかいないのか、真昼は寂しそうに瞳《ひとみ》を伏せて呟《つぶや》くので、周は唸《うな》る羽目になっていた。

「……別に嫌じゃないけど、急に距離を詰めたら怪しまれるだろ」

「徐々にならいいんですね？」

沈んだような色から瞳の色を明るくした真昼に、もう拒める訳がなく、周はなるようになれと頷《うなず》いた。

「無理に褒めようとするなよ」

「……では、今のところは個人的に褒めるに留《とど》めておきます」

それはそれで周の心臓的に悪いのだが、何も言わずに今後の学校生活が少しずつ騒がしくなるな、と少し遠い所を見る周であった。

真昼《まひる》の徐々に距離を詰める宣言の日から、真昼は控え目に周《あまね》と接触するようになった。

といっても最初は友人の友人というスタンスを崩さず、周囲から疑われないように挨拶《あいさつ》や世間話をする程度に収めていた。あくまでこちらの生活が急に乱れないように、という事で慎重なのだろう。

学生らしく勉強の話をしている時は嫉妬《しっと》の視線というよりは感心されたようなものを向けられたので、こういう時に自分が勉強出来る方でよかった、と心の底から思う。

正直真昼は授業分を年単位で先取りしているので周が完全についていく事は難しいのだが、真昼も周の理解に応じて話を振ってくれるので問題なく学生の本分を全うするような会話が出来た。

大体千歳《ちとせ》や樹《いつき》、時々優太《ゆうた》が一緒に居たのも功を奏したのか、人間少しずつの変化は慣れるように、周が真昼に世間話や共通の友人の話題、授業の話を軽くする程度であれば、周囲から然程《さほど》嫉妬するような眼差《まなざ》しを向けられる事はなくなっていた。真昼に真剣に恋している男子から鋭い視線は向けられたが。

「何で藤宮《ふじみや》なんだ……」

教室の自席で参考書と教科書を眺めていると、たまたますぐ側の席に居た男子達が小さく怨嗟《えんさ》の声を向けてきた。

先程まで真昼と先の授業内容と課題の会話をしていたのだが、どうやら彼らはそれを見ていたらしい。

何故《なぜ》周なのか、という疑問については真昼が話したがっていたからと話の内容についていける人が少ないからだろう。

彼女と一番仲の良い千歳は授業内容を予習していないし、今学んでいる所を理解しきっている訳でもない。その彼氏である樹も同様だ。

なので勉強面については周が話すのが楽という事だ。

周も元々勉強はそれなりに出来るし、家で真昼の指導もあるので前よりも勉強は出来るようになっていた。ここは真昼様々といったところである。

「何でって言われても。たまたま俺《おれ》が椎名《しいな》の会話についていけたからだろう。別に色気のある会話は一切《いっさい》していないが」

学校での真昼との会話など、世間話を少しと勉強についてが大半だ。

周りに勘ぐられないようにゆっくりと近付いていくそうで、学生同士なら何らおかしくない会話しかしていない。むしろ模範的な学生の会話をしており、疑う余地がないくらい真面目《まじめ》な話をしていた。

「それはそうかもしれないけどさ……」

「文句あるならお前らも勉強して話に入ってこいよ。妬《ねた》みを向けられても困る。勉強は学生の本分だぞ」

「え、無理……ついてけない……何話してるか分からないし」

「教科書読んでくれとしか。俺達は今習っている所の先取りをしているだけだ。それも無理なら諦《あきら》めろとしか言えない」

「辛辣《しんらつ》だな……」

「俺はお前らの学習状況をどうにか出来る訳ではない。そして俺はお前らがどう思ってるのか知らんが別に椎名と仲いい訳ではないからな」

淡々と返せばぐぬぬと歯嚙《はが》みをされる。

別に彼らとは仲がよい訳ではない、むしろ真昼との関係を疑われて一方的に敵視されているので、お膳立《ぜんだ》てする義理はないだろう。

そもそも真昼は周と学校でも友人として接触出来るように話してもおかしくない会話から始めた。それが勉強だったというだけで、仮に彼らが勉強をしたところで仲良くなれるかは分からない。

あくまで興味ないですよ、といった態度を見せる周に、話しかけてきた二人は疑《うたぐ》るような眼差《まなざ》しを向けてくる。

「お前……椎名さんとあれだけ話しておいてどうでもよさそうな……」

「藤宮は天使様に興味ないのか」

「天使様にはないいな」

周は『天使様』には惚《ほ》れていない。嘘《うそ》はついていない。

好きなのは『天使様』ではなく、周の前で見せてくれる素の真昼だ。

ほんのり毒舌でしたたか、その癖《くせ》心優しく照れ屋で甘やかしたがりで、でも本当は寂《さび》しがり屋で折れそうなくらいにか弱い真昼が。

真昼にとって『天使様』は外行きの戦装束《いくさしょうぞく》、言ってしまえば柔らかい中身を守るための鎧《よろい》のようなものなので、その鎧を好きという訳ではない。

もちろんそれをひっくるめて真昼が好きな事には変わりないが、表面だけ好きという事はないのだ。

あっさりとした周の様子に二人は疑っているようだが、本当に『天使様』には興味がないのでさらりと流すと、彼らは信じられないという眼差しを向けてくる。

「……あの可愛《かわい》さが理解出来ない藤宮はもしかして」

「ご想像のところ生憎《あいにく》だが、同性には興味ないし美的感覚も普通の人間だ。可愛さが理解出来ないという訳ではなくて、客観的に見ても可愛いし人柄も良いと思うが、そこから恋愛に発展するかは別だろう。

「藤宮の好みが分からん！」

彼らが不満げに騒いでクラスメイトがちらちらとこちらを見るので、気まずい。

周としては、今真昼に惚《ほ》れている事実は置いておき、可愛くて優しい完璧《かんぺき》美少女が居たからといって絶対に異性として好意を持つという理屈が分からない。

それなら学校の男子全員が惚れるだろう。実際に真昼を鑑賞用として見ている人も居るだろうし、別の女子を好きになる男子も居る。

全員が全員真昼を異性として好きという訳でないのは、周囲を見れば分かる。真昼は非常に好かれやすい、という事には変わりないが。

「逆にお前ら天使様のどこが好きなんだ」

呆《あき》れ混じりに呟《つぶや》けば、二人は水を得た魚のように生き生きとした表情を浮かべる。

「めちゃくちゃ可愛いし、誰《だれ》にでも優しくて清楚《せいそ》で淑《しと》やかで何でも出来て彼女に出来たら最高すぎない？」

「はあ……左様で」

言いたい事は分かるのだが、それが恋愛的に好きになる理由なのか、とつい懐疑的な視線を送ってしまうのは悪くないだろう。

「ほんとに美人だしスタイルまでいいとか理想だろ。もう男子の理想を形にした天使じゃん。いや天使様なんだけど」

「可愛くて性格もいいだけじゃなくて何でも出来てスタイルまで抜群とかよすぎる。普段はベストに隠れてるけどさあ……体操服の時とかすごいじゃん。存在感半端《はんぱ》ない」

「こう、やばいよな」

「白河《しらかわ》みたいなフラットさもいいけどなあ、やっぱこう、盛り上がりがある方が良い訳だよ。男の浪漫《ろまん》だろ」

「お前ら多方面の女性に失礼だから色々な意味で口を閉じた方がいいぞ」

心なしか、というか明確に殺気を感じる。

向けられているのは自分ではないと分かりきっていても、近くに居ると感じる鋭利なものは周の身を竦《すく》ませるには充分だった。

殺気の方を見る事はしないが誰かは分かっているので、後で八つ当たりを食らわないようにした方がいいだろう。

関《かか》わっているとこちらに飛び火しそうなので彼らから視線を外して、手元にあった参考書を開く。

真昼と学校で話していた辺りの学習内容に視線を滑らせつつ、男性特有の妄想話をし始めた二人にそっとため息をついた。

「……そういう欲求を公の場で口にしてしまう時点で椎名がお前らに振り向く事はまずないと思うんだが」

前提として、大抵の女子はおおっぴらに猥談《わいだん》する男子をあまり好意的には見ない。それも自分達の体型で盛り上がっているなら、尚更《なおさら》。

その上で、真昼は容姿に寄ってくる人間には好感を抱きにくい。身体的特徴目当てなら、好感度の矢印はむしろマイナス方向に向くだろう。

ちらりと真昼の方を見れば、彼女も聞こえていたのか側に居る殺気の主を宥《なだ》めるように撫《な》でている。千歳は樹が笑いを混ぜてからかうだけでも裏でお話し合いになるのに、部外者が例に挙げていれば当然怒るだろう。

真昼も千歳を宥める天使様としての表情は崩れていないが、心なしか呆れている気がした。

(俺は何も言ってないからな)

心の中で真昼に釈明しつつ、参考書を読む事で周は煩《わずら》わしいクラスメイト二人の男子トークをシャットアウトした。

視線に気付かず盛り上がっているが、周は止めてやる義務はない。というか止めたのにまだ続けるので無駄なようだ。

いかに『天使様』がよいか語る彼らに、周はひっそりと重い息をこぼす。

(多分、お前らがそうだから、天使様は天使様なんだよなあ)

その言葉は音になる事なく口の中で転がって、消えた。


「……あの、真昼さん」

その日の夕方、いつものように周の家を訪れた真昼だったが、表情が不満げなものだった。思わずさん付けしてしまうくらいに真昼の様子が違う。

「何ですか」

返事もどこか素っ気ない。確実に何かに怒っていた。

基本的には温厚で寛容な真昼が不機嫌なので、周としては微妙に胃が痛い。

「何故ご機嫌が斜めなのでしょうか」

「そういう訳ではありませんけど」

「……いや絶対に機嫌悪いだろ」

「悪くないです」

ソファで隣に座っている真昼の表情は相変わらずだ。分かりやすく怒っているというよりは不快さを滲《にじ》ませているといったものが近い。雰囲気がちくちくしている、と言ってもいいだろう。

ただ何を煩わしく思っているのか分からず悩んだのだが——今日のクラスメイトとの絡《から》みを見られていた事を思い出す。

「……あ、もしかして俺もあいつらに混ざって体型の話をしていたと思ってたのか」

そう考えれば真昼が不機嫌なのにも頷ける。一緒に居る人間が自分の容姿の事で盛り上がっていたら嫌な気持ちにもなるだろう。

真昼は周の言葉に固まったので、恐らく予想はあっているだろう。

「聞こえてたんだろう?」

「え、いえあの……まあその辺りの話も聞こえてましたけど……」

「ごめんな。女子からしてみれば嫌だろ」

「いえ、私はその、容姿について言われるのには慣れているので、今回は私に直接スタイルがどうだの言ってきている訳でもありませんし、ああそうかって感じですよ」

長年天使様として振る舞ってきて、美貌《びぼう》を保つための努力を欠かしていない彼女らしい発言であった。

ただ、真昼の言い方だと以前直接的にセクハラ発言をされているという事になるので、そういう失礼な言葉をかける男が居た事について同性として申し訳なくなった。

「ただ、よくもまあ女性が居る場所で言えるものだなと感心してましたが……。考えるのは自由ですので止めはしません。ただ、熱く語るのなら他者が居ない場所で話すものでは? 周囲の目を考えればとてもではありませんが出来ないと思うのですが」

「ごもっともです」

時と場所と場合を弁《わきま》えなければならなかったのに、クラスという人の耳目がある所で話してしまったのが悪かった。いや、周としては勝手にそういった話に発展されたのでどうしようもなかったのだが。

「周くんが呆れてたのは見ていましたし言及していなかったのも聞いてましたよ。他の女子も感心してました」

「そ、それならよかった……流石に巻き添えは御免というか」

「……まあ、逆に色々な意味でちょっと心配になりますけど。周くんがあまりにも紳士的すぎて男性として大丈夫なのかと」

「失礼すぎないか」

クラスメイトに引き続いて真昼にまで男を疑われて心がささくれだつのだが、真昼は「事実です」とそっぽを向いた。

またちょっぴり不満げなものを匂《にお》わせている真昼は、周がムッと眉《まゆ》を寄せている事に気付いてクッションを膝《ひざ》に抱える。

「……周くんは私にはあまり魅力を感じていないようですし、自信なくします」

「どういう理屈でそうなった」

「興味ないそうですし」

どうやら天使様に興味がない、という発言を聞いていたらしい。

「まあそりゃ天使様に興味はないよ。天使様は真昼がそう意図的に振る舞ってるんだろ。俺は真昼に興味はあっても天使様として過ごす真昼にはあまり興味を持ってないというか、大変そうだなって思うくらいで他に思う事はない」

「……私は魅力ありますか？」

「ないと言うほど俺の目は節穴だと思われてるのか。溢《あふ》れてるだろ。一番側に居る俺が保証する」

むしろ真昼の魅力がないという方が難しいだろう。側で長く過ごすようになってからどんどん真昼の新たな一面を知って、愛《いと》おしいと思うようになっているのだ。

増えるばかりで、なくなる事なんてまずない。それだけ、真昼の魅力はあるという事だ。

断言した周に、真昼は急に落ち着かなそうにクッションを指先でつねりだす。布地に皺《しわ》が出来る事も構わずに弄《いじ》りながら、俯《うつむ》いていた。

「そ、それなら、いいのですけど」

もごもごと微妙に言《い》い淀《よど》みながら頷《うなず》いた真昼は、クッションに顔を埋《うず》めた。髪の隙間《すきま》から覗《のぞ》く耳は赤らんでいて、照れているのは一目瞭然だった。

この様子だとしばらくはクッションから顔を上げそうにないので、周はそんな真昼から体ごと背《そむ》けてソファの肘置きに肘をついてそっぽを向いた。

早いところ周の体からも余剰な熱を抜かなければ、復活した真昼に見られてしまうだろう。

（……照れるくらいなら言葉にしなければよかったのに）

お互いに言える事を思いながら、周は真昼に聞こえないようにそっとため息をついた。

第6話　天使様と調理実習

「よろしくお願いしますね」

普段は周《あまね》に向けられる事のない天使の微笑《ほほえ》みをこれでもかと向けられて、周は唸《うな》りたくなるのを堪《こら》えながら「……よろしく」と低い声で返した。

基本的に真昼《まひる》とは積極的に関《かか》わりに行く事はないのだが、真昼側から寄ってきたら周はどうしようもない。ただ、これは真昼が悪いというよりは単純に仲良し同士で組もうとしたらこうなった、という事だろう。

家庭科の調理実習はある程度の自由が認められている。数日後に実技として調理実習が予定されており、今回は自由に班を組んで調理内容も自由だ。

ただ、栄養学に基づいた献立を組む事を要求されており、その献立で採点されるので真面目《まじめ》にしなければならない。

自由に班決めという事で引く手数多《あまた》だった真昼だが、仲の良い千歳《ちとせ》とペアになり、ペアである千歳は彼氏である樹《いつき》を加入させたがり、樹とペアになるつもりだった周がくっついてきた、客観的にはこう見えるだろう。

おかげで先程から周に対する視線がやや厳しいものになっていて、周としては胃が痛い。

ある種の元凶である千歳は、近くにあった机を人数分合わせながらへらへらと笑う。

「あはは。周が苦虫嚙《か》み潰《つぶ》した顔してる」

「誰《だれ》のせいだと思ってる」

四人分の机を合わせて席に座ると、真昼は少し天使の笑みを曇らせながら申し訳なさそうに微笑む。

「迷惑をおかけしてすみません」

「いや、椎名《しいな》が悪い訳じゃない。ただ、俺《おれ》が視線に射殺《しゃさつ》されないか不安なだけだ」

「僥倖《ぎょうこう》と捉《とら》えないのは周らしいよね」

「これは俺のところでなくて別のところに幸運を分けるべきだろう」

そうだそうだー、という小さいながら不満げな声が聞こえてきたのは恐らく気のせいではないだろう。

天使様の手料理を食べられる機会とあれば男子達も沸き立つだろうし、それを大して望んでなさそうな男が手に入れていたら腹立つのも分かる。現に羨望《せんぼう》と嫉妬《しっと》が混ざりあったトゲのある視線が突き刺さっている。

「でもお前オレと一緒じゃないと困るだろ。他は仲良しで固まってるし」

「う」

それを言われると弱い。

コミュ障という程ではないが、仲良い人同士の間に割り込んでコミュニケーションを取れる程コミュ力がある訳ではない。既に固まっている中で周が一人出ていくというのは難しかった。

「ま、これも運命だと諦《あきら》めてくれ。オレやちぃと仲良くなった事を後悔するがよい」

「……お前らの友達になった事は後悔してないよ」

「やだ、オレキュンとしちゃった」

「男にキュンとされても鳥肌立つだけだ。やっぱ後悔しとく」

「二重にひでえ」

わざとらしい動作で照れを隠すように頰《ほお》を押さえた樹にすげなく返せば、彼はけたけたと愉快そうな笑い声を上げる。演技に引っかかる事はないが、面白《おもしろ》がられているのはこちらとしては全く面白くない。

その頰をつねってやろうかな、と考え始めたところで、小さな吐息に混じった笑みの声が聞こえた。

見れば、真昼はおかしそうに微笑んでいる。

「改めて思いますが、仲良いのですね。羨《うらや》ましい限りです」

「……まあ」

本当は仲の良さを知っているのに、あたかも初めて知ったと言わんばかりの真昼の態度に、何とも言えない気まずさを感じた。

あくまで他人として振る舞ってくれている事は感謝しているが、こうして素知らぬふりをされるのはくすぐったさともどかしさがある。

真昼とのやり取りを聞いている千歳は、ニヤニヤしながら真昼の肩をぽんぽんと叩《たた》く。

「何ならまひるんも入る？」

「おいやめろ。お前らのノリを椎名に求めるんじゃない。椎名に迷惑だろ」

「いえ、そんな事はありませんよ」

「ほらー」

「千歳は調子に乗るな」

千歳は真昼と周が関わる事を良しとしている、というよりむしろ推奨している節があるので、彼女に話の主導権を握らせると大抵仲良くさせようとしてくるのだ。

それが周の家ならまだしもここは学校なので、目立つ真似《まね》は避けたい。

「ほらそんな事はいいから、献立決めよう」

周囲に真昼に特別な感情を抱いていないですよ、というアピールと、献立を決めて提出するのはこの時間だけなので早めに決めておきたいという主張に、千歳は微妙な呆《あき》れ顔だ。

「周は料理出来ないのに指揮執れるの？」

「失礼な。オムレツは作れる」

「……オムレツという名のほぼほぼスクランブルエッグですけどね」

側に居る三人にしか聞こえない小さな囁《ささや》きに千歳も樹も軽く吹いたので、周は周囲にバレないように真昼にほんのり恨みがましげな視線を送るものの、彼女はどこ吹く風だった。

あまりにもいつも通りな天使の微笑みに、周はそっぽを向いた。それでまた千歳も樹も笑うので、周としてはやっていられない。

「赤澤《あかざわ》さんはお料理の方どうですか？」

「オレ？　……まあ、生きていける程度には」

「いっくん何だかんだ家事何でも出来るよね」

基本的には必要に迫られたら何でもこなせる樹は、料理もそつなくこなせる。流石に真昼程という訳ではないのだが、一人暮らしするには充分な腕前だ。

「母さんが仕事で家に居ないからなあ。前は周のためにご飯作りに行った事もあったし。まあ今はしてないけどな？」

ちらりとこちらを意味深に見られて眉《まゆ》を寄せるが、樹は笑うだけである。

「そうなんですね」

「……これだと俺の駄目さが際立《きわだ》つ」

「今更だろ」

「今更でしょ」

「お前ら息合わせやがって」

「ふふ。まあ、今困ってないならいいのでは？」

「……い、いや、努力はする。一人の時はたまに作るし……」

真昼に任せ切りはよくないので、休日真昼が居ない時は料理をする努力をしている。といっても、簡単に出来る焼き物やレンジ調理で出来るレシピのものだけだが。

若干しどろもどろになってしまった周に、真昼は何故《なぜ》か慈しむような微笑みで「偉いですね」と褒めてくる。それが意味深すぎて周は頬を引きつらせた。

恐らく、周の料理に関する手際の悪さを真昼は知っているからだろう。真昼の料理と比べれば、周の料理など子供が作ったようなものだ。下手《へた》くそさを微笑ましく思っているのかもしれない。

それでも進歩はしているので、周としては全く何も出来ない、というところから脱却したのだと言い張りたいところだ。

「とりあえず、献立を決めましょうか。成績にも関わってきますから」

真昼は周の様子に言及する事はなく、穏やかな微笑みのまま配られた提出用の献立記載プリントを撫《な》でる。

一番料理が出来るのは真昼なので、真昼が指揮を執るのが丸く収まる。一応多少出来るようになったとはいえ、栄養を考えた献立作成ともなれば門外漢なので、毎日の夕食の献立を決めている真昼に付き従うのが正しい。

そうして話し合いの結果決まったのは肉と卵と野菜の三色そぼろ丼と味噌汁《みそしる》、春雨サラダとデザートに杏仁豆腐《あんにんどうふ》で、献立内容のお陰で千歳にニヤニヤされた。

真昼的には周が好きだからとさり気なく卵料理を献立に加えてくれたのであろうが、その事実に千歳と樹は生温かい目で見てきたので、周は彼らの視線から逃れるように出来上がった献立表に視線を落とした。


そうして調理実習当日、周は疲れたように吐息をこぼした。

エプロン姿が板についた真昼の側で真昼のサポート、という名の監視をされている。

「藤宮《ふじみや》さんは私のサポートをお願いしますね」

そう微笑みをもって告げられて、周は真昼の側に置かれている。

これは千歳の策略でもなんでもなく、単純に周が千歳や樹に比べて調理が覚束《おぼつか》ないからだ。

真昼の目の前で指を切ったという前科があるため、積極的な調理はさせない方向らしい。

流血沙汰《ざた》は避けたいのも、出来た班から昼食に入るためさっさと調理したいのも理解出来るので、この措置も納得はする。ただ、流石に自分も全く出来ない訳ではないと声を大にして主張したい。

「……拗《す》ねてます？」

野菜の下処理を終えた真昼がこっそり問いかけてくるので、周は調味料を量りながら真昼には視線は向けずに「そういう訳じゃないけど」と返す。

「俺がみくびられてる気がする」

「そういう訳ではないですよ。ただまあ……その、私達の方が効率が良いというのは否定出来ませんが」

「それは俺も否定出来ない」

真昼は言わずもがな、樹はそもそも周も料理を食べた事があるので問題なく料理出来ると知っているし、千歳は味付けさえ余計な事をしなければ出来なくはない範囲だ。周も出来なくはないと言えるが、三人よりは出来ないので、そこを突かれると何も言えなくなってしまう。

「ですので、得意分野で頑張ってもらった方がいいかと思いまして。あと千歳さんは味を極端にしがちなので藤宮さんに任せた方がいいかと……大事な役割ですよ」

「責任重大……だと思ったけど普通にレシピ通りにするだけでは？」

「千歳さんのサプライズを未然に防ぐ事も重要な役割ですよ？」

くすりと微笑んだ真昼に、周はちらりと千歳を見る。

彼女は樹と共に杏仁豆腐を作って冷蔵庫に入れた後、鍋でご飯を炊《た》きつつ片付けをしている。

樹が見張っているので、杏仁豆腐におちゃめは発生していないだろう。

味音痴とは言わないが極端な味付け好きなのとサプライズ好きな事を警戒して樹に監修して

もらっている。それに、彼氏と料理するのも楽しくていいだろう、と真昼の気遣いらしい。

小さく笑いながら真昼がザルに茹《ゆ》で終わったもやしと人参をあげているので、周は台の上に置いてあったキッチンペーパーを二、三枚取る。

「藤宮さん」

「ん、分かった」

真昼が茹で野菜をザルに入れて手渡してくるので、周は軽く冷ましつつペーパーで軽く水気を拭き取り、水で戻しておいた春雨、千切りにしたきゅうりとハムと共に、予《あらかじ》め作っておいた調味料の入ったボウルに放り込んだ。

料理は計量と手順さえ間違えなければひどいものにならない、という真昼のありがたいお言葉を思い出しながらレシピ通りにこなしていく。

周に任されているのは簡単な作業なので、あまり胸を張れるものでもないのだが。

「ゴマ入れて混ぜたら冷蔵庫に入れたらいいよな」

「そうですね、あと……」

「これ入れたらひき肉も取ってくる」

先に炊いているご飯の出来上がりが迫っているので、そろそろ丼に取りかかるつもりなのだろう。

春雨サラダの入ったボウルにラップをして班の番号を書きつつ、真昼を見る。どうやら合っていたらしく、周の行動を何も修正する事はなくフライパンの準備に取りかかっていた。

味噌汁は既に野菜も火を通し終えており、後は味噌をとくだけ。杏仁豆腐は千歳と樹が冷蔵庫に入れて冷やし固めているので、丼の用意をするだけになっている。

人にぶつからないようにしつつ冷蔵庫にひき肉と交換で春雨サラダを入れて戻る。

自分達の調理台に戻る際横目で他の班を見てみるが、順調な班もあれば揉《も》めている班もある。男子だけで組んだ班の中には食材を無駄にしたり遊んでいる班もあるので、生徒の自主性に任せつつも見張っている教師が瞳《ひとみ》を鋭く細めていた。

（……こういうのを見ると真昼が居てよかったと思う）

周の班が他の班よりもスムーズに出来ているのは、真昼が圧倒的に手慣れているのとあまり手間のかからない献立にしてあるからだ。

『見栄を張って手の込んだメニューにするより、栄養が取れてそこまで時間と手間がかからないメニューにした方が楽です。食事は毎日作るものですので疲れるようなメニューにする筈《はず》がないでしょう』

献立理由を家で聞いたらそういう答えが返ってきたので、毎日二人分の食事を作っている真昼らしい合理的な考え方だと思った。

周からしてみればこのメニューだけでも作るのに一苦労するので、真昼のありがたみを再認識した調理実習である。

世の家庭の台所担当は毎食大変だな、としみじみ思いながら戻ると、真昼が千歳に作業を指示しているところであった。樹は見当たらないが、視線で分かったらしく「赤澤さんは食器を別室に取りにいってもらってます」と真昼が告げる。

「では肉の方はお任せします」

「あいよ。汁がなくなるまでだよな」

「そうですね。お願いします」

真昼は三色丼の黄色と緑色を作るらしく、ほうれん草を湯がくお湯を用意しながら卵を割って溶いている。

フライパンの準備は真昼が済ませているので、肉と調味料を加熱するだけの簡単なお仕事を任される。

千歳は使って洗い終わった鍋を布巾《ふきん》で拭《ぬぐ》いつつ、周がフライパンで肉を炒めだしたのを見て不思議そうにこちらを見た。

「……料理出来ないんだよね？」

「出来なくはないって言ってるだろ。比較対象がおかしいだけだ」

今している作業は肉を調味料と合わせて汁気がなくなるまで木べらで混ぜながら煮込むという事だけなので、むしろこれが出来ないと思われている方が不服である。漫画のような暗黒物質を生成する人間など現実にはそういないだろう。

　現実に料理を大失敗する要因は火加減を間違うか料理手順を間違えるか余計なアレンジを加えるかのどれからしいので、真昼のアドバイスを受けながら調理している現状ではそう失敗する事はない。

「そもそも迷惑かけないように料理手順ぐらい頭に入れて来ているんだよ」

「律儀だねえ」

「これで役立たずで居たら俺は周囲の男子に殺される」

　何もせず天使様の料理を享受するのか……といった旨の視線で刺殺されそうなので、一応最低限の仕事はするつもりだ。

　基本的には料理は得意でない事を自覚しているので、教科書を読むよりも真面目にレシピを読んだが、家では真昼に笑われた。そんなに真剣にしなくても、との事だが、一応難癖《なんくせ》つけられないようにはするべきだろう。

　肉が色付き甘辛い匂《にお》いを放ち始めたのを確認して、焦《こ》げ付《つ》かないように適度に肉を木べらで混ぜる。

　側では真昼が残りのコンロを使って炒《い》り卵を作っている。卵大好き人間周のために通常の量より多くしているのが微妙に気恥ずしかったが、周の好みを把握している真昼の気遣いはありがたかった。

「椎名、これもう少し？」

「そうですね、もう少し煮詰めた方がいいですね。煮すぎるとパサパサになりますから、あと一分程度で火から上げてください」

「ん、分かった」

大分水分も飛んできているので焦げ付かないように木べらで攪拌《かくはん》しつつ頷《うなず》けば、真昼もそれ以上は何も言わずに自分の作業に戻る。

そんな周と真昼に、側で見ていた千歳は微妙に呆れたように肩を竦《すく》めた。

「……お二人さんさあ、こう、何というか……新こ」

「千歳さん、お味噌汁の用意」

「ひえー。はぁい」

何故か間の抜けた悲鳴を上げた千歳が冷蔵庫に味噌を取りに行ったので、周はちらりと視線を真昼に移す。

「……何かあったのか？」

「何でもないです」

何でもないという事はなさそうなのだが、真昼が口を割りそうにないので聞き出すのは諦めて肉を炒めていたコンロの火を消した。

真昼も卵を炒め終わり、茹でたほうれん草を刻んで調味料と和《あ》えたところで、樹が皿を確保して帰ってきた。

「遅くないか」

「いやーすまんすまん。ちょっと別の班の人に話しかけられて」

へらりと笑った樹は、顔の割にふざけた様子はない。こういった事でサボるという事はないので、恐らく本当に話しかけられて時間を食ってしまったのだろう。

誰と話していたのか、何を話していたのか、というのは分からないが、何となく真昼関係のような気がする。差し支えがなければサラッと話すので、周の代わりに樹が文句を言われていたのかもしれない。あくまで想像なので、分からないが。

「まあ何にせよちゃんとお役目は果たしてるから」

そう言ってトレイに載せた人数分の皿と丼を指差す樹に、真昼は穏やかな笑みを向ける。

「もう準備出来ましたね。じゃあよそって提出用レポートのために写真撮ってから食べましょうか」

「やったぜー。オレもうお腹《なか》ぺこぺこ」

「それいっくんが朝ご飯食べそこねたからじゃ」

「仕方ないだろ寝坊したし。オレ大盛りでいい？」

「構いませんよ。私はサラダ取りに行きますので、その間によそっておいてください」

「じゃあ俺も行こうか。写真用に作った杏仁豆腐も一緒に置いとかないと」

デザートも含めれば真昼の手では足りないだろう、と手伝いを申し出れば、穏やかな微笑みで頷かれる。

遅れて千歳に行かせた方が余計な憶測を呼ばずに済んだのでは、と思ったが、もう今更なので周は微妙に距離を開けつつ調理室の奥にある冷蔵庫に向かう。

真昼の手際のよさもあって、周の班の他に出来上がっているところはなさそうだ。相変わらず適当に調理している班もあり、採点がひどい事になりそうだな、と他人事のように思いながら並んで歩く。

ある班では男子が友人と談笑しながら調理していたのだろう、笑いながらフライパン片手に大袈裟《おおげさ》な動きで後退《あとずさ》った。

その先に、汁物が入った鍋を抱えた女子が居た。

まずい、と一瞬で悟った周は、咄嗟《とっさ》に強く真昼を引き寄せてその場から退《ど》かした。

ばしゃり、と勢いよく液体がこぼれる音と、ふわりと香るミルクの香り。下からほのかに温かい空気が舞い上がるのを感じた。

クリームスープを作っていたのだろう、ややとろみのある白いスープがコップ半杯程度はこぼれて床に広がるのを確かめて、それから真昼に飛び散っていないか視線で確認する。

「椎名、火傷《やけど》とかは？」

「……あ、いえ、私にはかかっていません、が」

流石に真昼も突然の事に固まっている。

ぶつかられてスープをこぼした女子は申し訳なさそうな顔になっているし、ぶつかった男子に至っては顔が真っ青《まさお》だった。

「そっちにはかかってない？」

「えっ、う、うん大丈夫。ご、ごめんなさい……！」

「いやいいから。俺も椎名もかかってないし」

幸いな事に、気付くのが早かったので真昼にも周にも被害はない。

鍋をひとまずコンロに置いて謝り出すクラスメイトの女子にはひらりと手を振って安心させつつ、ちらりとぶつかった男子を見る。

流石に一緒にはしゃいでいた男子達もまずいと思ったのか口を閉ざしていた。視線が泳いでいるのは、真昼に被害を及《およ》ぼしそうになったからだろう。

「……あのさ、教室でなら多少ふざけるのもいいけど、火や刃物がある場所でふざけたら駄目だろう。誰かが怪我《けが》して痕《あと》にでも残ってみろ、悔やんでも悔やみきれなくなるぞ。今回は何もなかったからよかったけど、もし女の子に怪我でもさせたらどうするつもりなんだ。お前ら責任取れるのか」

火傷にしろ刃物による切り傷にしろ、痕に残ったら洒落《しゃれ》にならない。周なら多少傷付いても気にしないが、他人、それも女性に怪我させたら大事《おおごと》だ。

女性は傷を気にする人が多いし、男から見てもキレイな方がいいという風潮がある。もしこんなしょうもない事で怪我してしまって痕《あと》に残ったら怪我させられた側は相手を恨む事になるだろう。

これが真昼であっても、他の女性でも関係ない。他人を怪我させるような真似をするなら怒るし叱《しか》る。

基本的には無気力で大人しいと思われている周が瞳を細めてやや語気を鋭くして注意すると、ここまで言われるとは思っていなかったらしい男子は「ご、ごめん……」と意気消沈したように謝罪する。

「俺には謝らなくていいけどぶつかった山崎《やまざき》とかかりそうになった椎名には謝った方がいい。とにかく、次からは気を付けてくれ。危ないからな」

あまり強く言っても軋轢《あつれき》が生まれそうなので柔らかい声に変えて、それから真昼に視線をやる。

ずっと片手で抱き寄せていたようで真昼はほんのりと顔を赤らめていて、しまったと後悔したもののここで動揺したら逆に怪しいので、そっと離して顔が歪《ゆが》まないように気を付けながら冷蔵庫を指で差す。

「椎名、無断で触って悪かった。それから、悪いけどサラダ先に持って班に帰ってくれ。俺はここ拭《ふ》いとくから」

「だ、大丈夫だよ、ぶつかられたとはいえこぼしたのは私だから」

「どっちにしろ関係者だし、俺の班はもう食べるだけだから。すぐに終わるし気にしないでくれ」

こぼしたのは全体量からすれば少ないので、拭き取るのもそう手間がかかるものでもない。

困ったようにあわあわとするクラスメイトに一声かけると、教師の許可をもらって、調理台の上にあったキッチンペーパーを数枚ほど手に取り、スープを吸い取らせる。

何枚か使えば然程《さほど》量のない汁物などすぐに吸い込む。後は雑巾《ぞうきん》で水拭きすれば問題ないだろう、と思った瞬間に真昼がどこからともなく濡《ぬ》れ雑巾を持ってきて床を拭いていた。

「二人でした方が早いですから」

そう囁いた真昼はまさに天使のような微笑みで、至近距離で見た周はとてもいたたまれなかった。


「お帰りー」

床を拭き終えてサラダと杏仁豆腐を予定より五分ほど遅れて持ち帰ってきた周と真昼に、千歳はへらりとした笑みで出迎えてくれた。

既にテーブルには周と真昼の分もサラダと杏仁豆腐以外は用意されているので、周はサラダ用の皿に全員分春雨サラダを取り分けつつため息をつく。

い。


「何か疲れた」

「カッコよかったじゃん。あと大胆だったね珍しく」

「好きで触った訳じゃない。あれはあのままだと椎名にかかるから仕方なくだ」

天使様を抱き寄せるなんて真似をしてしまうとは思わなかった。咄嗟《とっさ》の判断で周囲も咎《とが》めるような視線は投げてこなかったが、やはり男子に羨ましそうに見られてしまって居心地が悪い。

真昼はというと、周の言葉に親しい人がわかる程度に、ほんの少しだけ眉を寄せた。

「私としましては、非常に助かりましたよ。抱き寄せていただいてよかったです」

「そりゃエプロンと制服が台なし、悪ければ火傷するところだったからな。向こうも反省してるみたいで良かった」

ぶつかった男子は流石に周囲から咎《とが》められていた。一歩間違えれば怪我人が出るところだったので、教員からもお叱りの言葉を受けているようだ。

周としては、怪我人が出なかったのでそれでよいと思っている。周に直接被害があった訳でもなかった。周りの目がある中真昼に触れてしまったというある意味火傷より火傷しかねない事をしてしまったが、雰囲気的には許されているようだ。

「周はああいう時には大胆になるのに普段はどうしてこう」

「何か言ったか」

「何でもない。ま、何はともあれオレ達の昼食は無事に完成したから記念撮影といこうじゃないか」

余計な事を言いそうだったので視線と声で釘《くぎ》を刺すと、樹は目を逸らしながらへらっと笑ってスマホを構える。

レシピの確認やレポートの提出もあるのでスマホの使用は許可されているのだが、遊ぶためのものではない。明らかに人に向かってレンズを向けているので、周は呆れたように樹を見るものの、千歳はノリノリでカメラの範囲に割り込んでくる。

「ほらまひるんも写ろ写ろ」

「お前らな」

千歳に急《せ》かされた真昼はぱちりと瞬きした後、淡く微笑んで周の隣にちょこんと椅子《いす》を寄せてくる。

真昼もか……と思ったらほんのりといたずらっぽい笑みを一瞬だけ向けられてドキリとするのだが、次の瞬間には学校用の天使の笑みに戻っていた。

「ほらいっくんも」

「いや撮り手が……おおちょうどよかった優太《ゆうた》、写真撮って」

「え、急に何？」

冷蔵庫帰りなのか豚薄切り肉のトレーを持って偶々《たまたま》通りかかった優太にスマホを押し付け

た樹は、周の後ろに回って前にピースを押し出している。

突然の事に目を白黒させていた優太だが、周の前に完成された料理が並んでいるのを見て得心したらしい。

笑って「仕方ないなあ」とスマホを構える。

「そっち仕事早くていいね。ほら撮るよー」

「そりゃオレら出来る子ですからー」

「いっくん今回あんまり作業してないけどね」

「いやんそれは言わないお約束」

わざとらしい声を上げた樹につい笑ってしまえばカメラのシャッター音が響く。

表情を作る間もなく撮影されてしまって固まる周に、優太は「いい写真になったよ」と笑って樹にスマホを返して去っていった。

「おお周が笑って写真に写るのは珍しい」

「普段仏頂面マンだからね周。いっくん私にもちょーだい」

「ほいよー。椎名さんは千歳からもらってね」

真昼は樹とも連絡先を交換しているらしいが、周囲に人が居る状況では口にしないのがベストだろう。

それより、こちらに確認させる前に真昼にも送った事の方が周には気になる。

真昼に視線を送ればにこにこと控え目に言っても可愛《かわい》らしさを詰め込んだ笑顔を返されたので、周は呻《うめ》きながら写真の送信を見守るしかなかった。

「……俺の顔はどうでもいいから、早く食べよう」

逃げるように呟《つぶや》けば樹からニヤッとした笑みを向けられたので、周は樹が自分の席に戻る前に小突いてそっぽを向いた。

その後樹と千歳の気遣いによって卵そぼろマシマシに盛られた丼を頰張《ほおば》って満足そうな笑みの写真を撮られて羞恥《しゅうち》にかられたが、真昼は楽しそうな笑みを浮かべるだけで二人に注意する事はなかった。

「周～、今日から私達も一緒にご飯食べるね！」

調理実習から数日経《た》ったある日、にこやかな笑みを浮かべながら真昼を伴ってきた千歳に、
頰をひきつらせた。

一応段階を踏んで顔見知りから友人の友人、そしてそこそこに話す友人手前くらいまでの領域まで来ていたが、一緒の食事は流石に飛び越えているのではないか。

確かに、千歳が樹と一緒に食べるという名目なら、真昼を伴っても単に友人をつれてきたと誤魔化《ごまか》せはするだろう。周りに多少妬《ねた》まれはしても、怪しまれる事はない、筈だ。

千歳に手を引かれた真昼は柔らかい笑みを浮かべており、いつもの天使様のように振る舞っ

ている。

ただ、心なしかしてやったりという表情にも見えるのだから、周は頭を抱えたくなった。

「あー、俺席外した方がいいんじゃないのか？」

「そんな事ないですよ。こちらからご一緒させていただくんですから」

逃がさない、という意思をひしひしと感じる。

今回の提案は千歳発案な気がしてならない。にこにこ、いやにやにやしている千歳に眼光を鋭くしても、彼女はどこ吹く風だった。

樹も根回しされているのか、それとも千歳と共に食事をするのが嬉《うれ》しいのか、いつもの笑顔で「いいんじゃね、一緒で」とのたまう始末。

周としては、やはり周囲の羨ましそうな視線に気圧《けお》されてたじろいでしまう。

「あれ、白河さんと椎名さんも一緒に食べるの？」

今日は一緒に食べるつもりだったらしい優太までひょっこりと顔を覗《のぞ》かせたので、周の胃は微妙に痛みを覚えていた。

「はい、ご一緒させていただくつもりです」

「そっかー、賑《にぎ》やかになるなあ」

優太はのほほんと笑っているが、賑やかどころではなくなる気がする。

反対するような反応は優太にはなく、精々真昼がくる事に驚いているといったところだ。

もう詰んでいた。

「……諦《あきら》めろ周、包囲網が出来てる」

優太に聞こえないように小さく呟《つぶや》いた樹に、周は疲れたように大きく一つ吐息を吐き出したのだった。

「椎名さんお弁当なんだ」

周や樹は食堂でいつも食べているので、日頃《ひごろ》教室で食べている真昼達もそれに合わせる形となっていた。

それぞれ男性陣が注文した昼食を持って席に着くと、優太が真昼が広げたお弁当の存在に気付く。

ちなみに真昼は周の真正面に座っている。千歳がそこに促したので逃げる隙《すき》がなかった。

「ええ、夕食の余り物を詰めてる事が多いですけど」

平日はお弁当に詰められるようなものを出す事が多い真昼は、夕食の残りを周の朝ごはん用とは別にお弁当分で取り分けているので、今日はそれを詰めてきたのだろう。昨日の夕食に出たとりつくねの照り焼きが詰め込まれていた。

「へえ、手作り？」

「ええ。といっても大したものは作れませんが」

「まひるん嘘《うそ》はよくないよー、すごく料理上手なのに」

「ちぃは椎名さんに弟子入りしたらどうだ」

「いっくんひどい」

「ちぃは料理の味付けだけ教えてもらえばいい。料理自体は出来るのになあ……味付けを奇抜にするから」

先日の調理実習でも分かる通り、千歳は決して料理が出来ない訳ではないのだが、悪戯《いたずら》心がうずくと新たなる味を求めて普通から逸脱していく。その悪癖さえなければなあ、と樹がよくぼやいている。

「じゃあまひるんに今度マンツーマンでお料理教室開いてもらおー。毒味役に周呼んで」

「おい毒味言うな。あと椎名に迷惑かかるから急にそういう事言うのやめろ」

「いえ、私は迷惑とか思ってませんよ。また千歳さんと一緒にお料理するの楽しみです」

「わーいまひるん好きっ。楽しみー！　周も予定空けといてね！」

千歳は真昼の隣に座っていて、満面の笑顔で真昼にべったりとくっついている。

真昼もそれを微笑みながら受け入れているので、すっかり仲良くなったなあと感慨深さを覚えたところで――気付く。

(今みんなの前でナチュラルに遊ぶ約束をさせられたよな)

千歳を見ても、本人は真昼と仲良く笑い合っている。故意なのか、偶然なのか、分からない。

ただ、周囲に居て微妙に聞き耳を立てている同級生の人間達と目があって「ウラヤマシイ」と声にならない妬みが飛んできたので、頬《ほお》がひきつった。

「……なあ樹」

「ん？」

「これ俺殺されない？　大丈夫か？」

「大丈夫だ多分」

真昼のファン、というか真昼に思いを寄せている男子達から結構な視線を浴びているので、気が気ではない。

まだ千歳主導だから殺気を向けられたりはしていないのだが、これがもっと分かりやすく仲良くなってから真昼が何か言い出した時が怖い。

「よかったじゃないか藤宮《ふじみや》」

「……俺がお前だったらそこまで妬まれずに済んだんだろうなあ」

優太ほどの美形で多才な人間なら、真昼とも釣り合いがとれて妬まれはしても仕方ないなと諦められただろう。

「俺は藤宮が羨ましいけどなあ」

「どこがだよ」

「色々」

含みのある言い方をした優太が苦笑したので、首をかしげるしかない。

「まあ、優太の気持ちも分からないでもないなあ」

「マジか」

「人間持ってるものに気付きにくいもんだ。持てる者は持たざる者の気持ちが分からないからな。その上でないものねだりするんだ。ちぃもないものねだりをよくする」

「というと？」

「椎名さんにあってちぃにないものだな……」

「いっくん今絶対変な事考えたよね？」

話を聞いていたらしい千歳がにぃっこりと、満面の笑みを浮かべた。しかし、目が笑っていない。

あっこれ地雷踏んだな、と察したので二人が仲良くお話し合いし出すのを眺めて、ちらりと真昼を見る。

真昼は千歳が樹とじゃれあい始めたのに困惑していたが、周と目が合うと微笑みに表情を変える。

それが、天使様の笑顔ではなくていつも家で見せるようなはにかみに近いもので、周は気恥ずかしくなって視線を逸らす事になった。

「驚きましたか?」

自宅で真昼が悪戯っぽく笑うのを見て、周はひっそりと苦笑を浮かべる。

「驚いたっつーか、今回は割とぐいぐい来たなと」

「徐々にすると言いましたが、そろそろ踏み出そうと思いまして。あと周くんは多少強引にしないと駄目って最近理解し始めましたので」

「左様で」

やけに積極的だったのは、周が逃げ腰になると分かっていたからなのだろう。まああの場面では包囲網のせいで逃げられなかったのだが。

周としては真昼があそこまで押してくるとは思っていなかったのでびびったものの、話だけでスキンシップ等は行われていないので一安心していた。

家のような無邪気で無自覚なスキンシップをされると、嫉妬の刃《やいば》が飛んでくるに違いない。

本人は一番信頼出来る人間として甘えているのだろうが、そんなの周囲には分からないのだ。

「その、なるべく周くんの生活に影響がない範囲でちょっとずつ頑張ってはいますけど、もし何かあったら言ってくださいね」

真昼も自分の影響力に自覚があるので、なるべく急に接近しないように心がけているのは周も理解している。

天使様らしく他人から悪意を向けられないように上手《うま》い事接してくれているので助かっては

いるのだが、今回のは多少千歳がやりすぎた感も否《いな》めない。今更なので注意はしないが。

「まあ今のところは大丈夫だよ。羨ましいって視線は飛んでくるけど」

「そうですか。その……い、嫌じゃなかったですか……?」

最初に周が渋っていた事を、まだ気にしていたらしい。

「真昼が寂《さび》しがりなのは分かってたしなあ。友人をのけ者にするのも悪いし、真昼も疲れるだろ」

「……友人」

「ん?」

「いえ、なんでもっ」

不安げな表情から今度は不服げな表情になって困惑するものの、話す気はないらしい。

微妙にそっぽを向いてしまった真昼に、これ何かしら機嫌を損ねたんだろうなあと察した周はとりあえず頭を撫《な》でておいた。

「……頭撫でれば万事解決とか思ってませんよね」

「それはないけど喜ぶかなと」

「喜びますけどっ。……そういう事誰《だれ》にでもしないでくださいよ、誤魔化す時」

「真昼以外にしないけど……」

そもそも他に仲のいい女子なんて千歳しか居ないのだ。千歳を撫でる事なんてまずない。それに千歳が喜ぶとも思えない。

となると真昼にしかしないいし、真昼以外にしたいとも思えない。甘やかしたいのは真昼だけなのだから、他人にやるという選択肢はハナからなかった。

割と大真面目《まじめ》に言ったつもりだったのだが、真昼が俯《うつむ》いて手にしていたクッションでぽすと殴ってくるので、お気に召さなかったようだ。

止めた方がいいのかと手を止めれば、今度は二の腕に頭突きされた。

痛くはなかったが、最近真昼が微妙にアグレッシブになってきて困惑するしかない。

「……周くんのばか」

「何でだよ」

「私はどこまで頑張ればいいのですか……」

「ま、真昼が何言ってるのかよく分からんが、あんまり頑張りすぎても疲れるだけだからほどほどに……」

「これは頑張らないと何ともならないのです」

じと、と周の肩口から瞳《ひとみ》を覗かせた真昼が微妙に恨みがましげで、それでいて羞恥《しゅうち》と僅《わず》かな期待のこもった瞳で見上げてきた。

やや潤んだ瞳が至近距離にあるため、どうしても視線が泳ぎ始める。

「け、結局、真昼は俺にどうしてほしいんだ」

「……撫でる事を継続からです」

から、という事はまだ周に要求する事はあるのだろうが、今の真昼がそれ以外に求めてくる事はなさそうだったので、とりあえず再び真昼の頭を優しく撫でてご機嫌取りに奔走《ほんそう》する周であった。

第7話 天使様の提案

「そろそろゴールデンウィークがくるなあ」

棚に置いてあるカレンダーを眺めて、周《あまね》は小さく呟《つぶや》く。

四月は進級関連で忙しく、そして真昼《まひる》の学校でも仲良くする大作戦に気を取られて、気が付けば終わりが近付いていていて学生も社会人も心待ちにしているゴールデンウィークがすぐそこまでやってきていた。

周は別に勉強は嫌いではない、というよりはどちらかといえば好きな方ではある。学校に通うのも多少面倒ではあるが苦ではないので、そこまで喜ぶという訳ではなかった。

ただゆったりする時間が増えて楽だなあ、といったところである。

今年のゴールデンウィークは去年と違って真昼が居るので、そう退屈する事もないだろう。

既に休みの内一日は『まひるんによるお料理教室の毒味役』と千歳《ちとせ》に予定をねじ込まれているので、退屈どころか賑《にぎ》やかで大変になりそうだった。

「また長い休みがきますね……」

「ん、嫌か?」

「嫌というより、どう時間を潰《つぶ》そうかと」

真昼もどうやら同じタイプらしい。

そもそも二人してインドア派なので、何か予定を入れているという事はない。

「まあ休みって嬉《うれ》しいっちゃ嬉しいが、やる事ないとなあ」

勉強は日々の予習復習を怠っていなければ過不足なく出来るので、わざわざ休みまで勉強漬けになりたいとは思わない。

趣味の散歩や読書はこれをしたいと強く思う訳ではなく、したい時になんとなくするので予定には入らなかったりする。ゲームもそうなので、本当に予定がなかった。

「……周くんは、お暇なのですか」

「暇だな」

今のところ、お料理教室の毒味役の日と、樹《いつき》と優太《ゆうた》とでカラオケに行く約束がある程度だ。休みは一週間はあるので、かなりの日が空いている。

まあ家でのんびりするかなー、とこぼしたところで、真昼がこちらをじいっと見上げてきている事に気付いた。

「どうかしたか？」

何か言いたげな真昼に視線を合わせると、真昼はテーブルの上に置いていたスマホに手を伸ばした。

正しく言えば、スマホケースに、だが。

真昼のスマホケースは手帳型でカード等をしまう場所があるのだが、そのカードをしまう場所からジッパーのついた小さなポリ袋を取り出していた。

中には折り畳まれた紙が数枚しまわれていて、その中の一枚を取り出した真昼は周に見せるように広げた。

懐かしい、と思うにはまだ時が経《た》っていないが、一ヶ月と少し前に彼女に渡した『何でもいう事を聞く券』がそこにあった。

個人的には上手《うま》く描けたくまのイラストが載ったそれを差し出してきた真昼は、再びじっと周を見上げてくる。

「使っても、いいですか？」

「なんなりとお申し付けくださいな」

「……ゴールデンウィークに、周くんの一日をもらいます。お買い物とか、遊ぶのとか、したいです」

駄目ですか、とおずおずと問いかけてくる真昼に、周はそっと苦笑をこぼす。

「いや別にそれ使わなくても頼まれれば買い出しくらいついていくし」

おそらく例の男フォームでのお付き合いにはなるだろうが、頼まれればそれくらいは付き添うので、わざわざ券を使わなくたっていいと思っている。

むしろそんなささいな事にお願いの権利を使わなくてもいいのに、と笑ったのだが、真昼は真剣な眼差《まなざ》しで首を振った。

「使います。……その日は、何でも言う事聞いてもらいます」

「そ、そこまで言うならまあいいけど、何をさせるつもりなんだ……」

「……に、荷物持ちです」

「はいはい仰《おお》せのままに」

そんなに重い荷物を持たせるつもりなのか、と突っ込みたくなったものの、真昼がそこまで言うのなら頷《うなず》いておく。

基本的にはインドア派な真昼も、たまにはお出かけを楽しみたいのだろうし、自分でよければいくらでも付き合うつもりだ。

それに、役得だろう。

まあまた例の男と噂《うわさ》にならなければいいのだが、とは思うが、それを恐れてどこにも行かないというのも味気ないだろう。

「で、どこ行くつもりなんだ」

「えっ、そ、それは決めてないですけど」

「決めてないのかよ……」

「……だって、周くんがどんなところ好きか、分からないですし……」

「え、俺《おれ》？」

「……折角一緒にお出かけするなら、二人で楽しめるところがいいなって」

だめですか？　と袖《そで》を摑《つか》まれて上目遣《うわめづか》いに言われて駄目と言える人間が居る筈《はず》がなかった。

ぐ、と息をつまらせて視線を右往左往させたあと、くしゃりと髪をかき上げて小さく嘆息する。

「……俺は、真昼についていくつもりだったんだけどさあ。その、なら、行きたい場所がある」

一人では行き辛《づら》いが、一度行ってみたい場所があった。

「どこですか？」

「笑うなよ」

「笑いませんよ」

「……猫カフェ」

そう、可愛《かわい》らしい猫がたくさん居るあの猫カフェだ。

周は動物が割と好きなのだが、流石にマンションで飼う事は出来ず、雑誌や人の飼っている動物を眺める事しか出来なかった。

一人でそういったカフェに行こうにも、男で一人突撃するのは周囲の目が恥ずかしくて今まで実行に移せなかったのだ。

真昼が居るなら、他人の目を気にする事なく行ける。別の意味で視線は飛んでくるだろうが、心置きなく入れる気がするのだ。

それに、真昼が猫と戯《たわむ》れている姿はさぞ可愛らしいだろう、なんてささやかな下心もあったりするが、流石にこれは口には出来なかった。

「……その、ふ、二人なら、恥ずかしくないかと思って。駄目か」

「い、いえそんな事は！　じゃあ、その……一緒に、行きましょうか」

「……おう」

受け入れてくれた事がありがたくもあり、気恥ずかしくもあり。

微妙に頬《ほお》に熱が宿り始めるのを感じながらもそれを押し隠した周は、そわそわしだした真昼に小さく笑う。

「そのあとはどうする？」

「そのあとは、一緒にお買い物して……あ、ゲームセンターに行ってみたいです。私、ああいうところ行った事なくて」

やはりというかお嬢様らしい真昼はゲームセンターも行った事がないらしく興味を示していたので、それなら勉強もかねて連れていってしまえばいい。

おそらく真昼の好きそうなぬいぐるみはまた入荷されているだろうし、一緒に取るのも楽しいだろう。

「ならそこでいいか。猫カフェ行って飯食って買い物してゲームセンター行って、って感じかな」

「はい」

一応当日のスケジュールがある程度決まってほっと一息ついていると、真昼が周に顔を見せるように上を向いた。

「楽しみですね」

そしてとろりと幸せが滲《にじ》み出て生まれたようなはにかみを向けられて、息が止まりかけた。

「早く休みになってほしいです」

なんて事を呟いて心の底からそのお出かけを楽しみにしているらしい真昼が、甘い笑顔を浮かべて上機嫌にクッションを抱き締める。

しばらく呆《ほう》けたようにその笑顔を見つめた周は、心臓がドッドッと強い音を立てるのを感じながら「……そうだな」と掠《かす》れた声で返した。

天使様の不意打ちは、非常に心臓に痛かった。

第8話 天使様の料理教室といたずら

「第一回まひるんによるお料理教室ー！」

　数分間で出来上がる料理の番組のようなＢＧＭでも流していそうなリズムと勢いで宣言した千歳《ちとせ》に、周《あまね》は面倒そうなのも隠そうとせず彼女を見やった。

　無事ゴールデンウィークに突入して初日に真昼《まひる》の料理教室が開催される事となったのだ。会場は周の家である。

　理由は単純で真昼と千歳が集まりやすく周が入れる場所だからだ。

　千歳宅は千歳の家族が居るので騒いだりは出来ないし、真昼の家は真昼本人が良いと言っていたが女の子の部屋に周が入るのを渋ったため、周の家に落ち着いたのだ。

　エプロンを身に着けた千歳が「いえー！」と一人で盛り上がっている。真昼は同じくエプロンを装着して千歳の隣で苦笑を浮かべていた。

「講師には椎名《しいな》真昼さんをお招きしておりまーす！」

「招いてるんじゃなくてお前がこの家に招かれてるんだよ」

「そして毒味……ゲストには味には人一倍うるさい藤宮《ふじみや》周さんをお招きしておりまーす」

「やかましいわ。あとここは俺《おれ》の家だから」

「ノリ悪いなーもう」

朝っぱらから千歳のテンションについていけていないだけである。

現在の時刻は午前九時過ぎ。

昼食に合わせての料理教室という事でこんな時間帯に集合する事になったのだ。

別にいいのだが、割と寝起きなので千歳のテンションが辛《つら》い。

「……すみません、朝から……」

「いやいいよ。昼食作ってもらえるんだし。まあそれはそれとして千歳が変なもの入れないか見張っておいてくれ」

「信用ないなあ」

「お前バレンタインの前科忘れんなよ……?」

彼女が悪戯《いたずら》で仕込んだチョコの味は忘れない。

何も入っていないものはもちろん美味《おい》しかったのだが、はずれの飛び抜けた味は今でも思い出せるくらいには衝撃的だった。

それを普通に食べられると言った千歳だ、あまり味覚は信用出来ない。

「あはは、流石にあれはいたずらだから。普通に作れば大丈夫だよ。多分」

「その多分が心配なんだよ馬鹿《ばか》。……頼むから俺が食べられるものにしてくれ」

「分かってるよう」

任せとけー、と腕まくりをして自信満々に言ってのけた千歳に一抹《いちまつ》の不安を感じたが、真昼がなんとかしてくれるだろうと信じて周は見守る事にした。

真昼は人に食べさせるものなら妥協はしないし、教室という事できっちりとした料理を作る気満々だから大丈夫だろう。

千歳を伴い、勝手知ったる我が家のキッチンに向かって本日のメニューと思わしき料理名を話している。

ちなみに今日はお昼にキッシュにサラダ、海老のビスク、余った身でソテーを作るそうだ。海老が食べたいという周の要望に応《こた》えてくれたらしい。

まあこれなら失敗する事はあまりない、はずなのだが、千歳がキッシュに変な具材を入れないか心配である。

「……なんかあらぬ疑いかけられてる気がする……」

疑念を視線にのせて飛ばしたのに気付いたのか不服げな表情を浮かべる千歳から目を逸らしつつ、ソファにどっかりと座る。

正直、毒味役という事で呼ばれた……というか居る周なので、やる事がない。

真昼の手伝いくらいなら出来なくもないがそれは千歳の役目だし、そもそも周は座っていてくれという真昼の指示があるので、動けない。

なので、とても暇だった。

キッチンを見れば、エプロン姿の女子二人が仲良さそうに話しながら調理を開始していた。

二人ともベクトルは違えど美少女で、そんな二人がエプロンを着けて自分の家で料理しているなんて男からすれば垂涎《すいぜん》ものなんだろうなあ、と他人事のように思いながらぼんやりと眺める。

あの悪戯《いたずら》娘が何かしないかな、と再度不安を抱きつつ、周は暇をもて余してゆっくりと目を閉じた。

どうせ数時間かかるので多少寝ていても構わないだろう。どうせ我が家だから咎《とが》める者は……真昼くらいしか居ない。

くぁ、と小さくあくびをして、周はソファーに体を預けた。


気が付けば、甘い匂《にお》いが近くにあった。

嗅《か》ぎ慣れているといえば慣れている、なんとも言えないミルクのような、それでいて花のような甘い香りは非常に心地のよいもので、ついついたっぷりと吸い込んでしまう。

ぼんやりとした意識でその匂いの元に顔を寄せれば、温《ぬく》もりを帯びたほんのりと柔らかい感触が伝わってくる。

触れるだけで落ち着くような人肌のそれを堪能《たんのう》しようともっと頬《ほお》で擦り寄ると、もぞりと振動が伝わってきた。

「……あ、あの、くすぐったいのですが……」

困惑が混じったか細い声がすぐ側で聞こえて、ぽんぽんと腿《もも》が叩《たた》かれる。

ぼんやりとした意識が引き上げられるように急速に浮上して、重たい瞼《まぶた》をこじ開けると……視界には、滑らかな乳白色が広がっている。

恐る恐る顔を上げると、真昼の困ったような、照れたような、そんな顔が至近距離にある。

「……真昼?」

「はい」

「……おはよう」

「おはようございます……というかもうこんにちは、の時間ですけど」

ほら、と棚に載せてあるデジタル時計を見ると、正午を過ぎていた。

どうやらかなり寝ていたらしい、と気付いたのはよいが、何故《なぜ》真昼が側に居るのだろうか。

「隣に座ったらもたれかかってきたんですよ」

周の疑問に答えるように告げる真昼の頬は、ほんのりと赤みを帯びている。

どうやら真昼の肩付近に顔を埋《うず》めてしまっていたようだ。今日の服はやや襟《えり》ぐりが広く肌が覗《のぞ》いており、そこに顔を突っ込んだらしい。

下手したらセクハラ案件なので怒るなら怒ってほしいのだが、真昼は怒るというよりは恥ずかしそうに瞳《ひとみ》を伏せているだけだった。

　むしろ怒ってほしいのにそういう反応をされると非常に困る。許されているみたいで居心地が悪い。

「その、ごめん。不快だったよな」

「い、いえそんな事は！」

「むしろまひるんは『周くんが寝ぼけて甘えてる』って受け止めてたけど」

「千歳さん！」

　どうやら少し離れた位置で眺めていたらしい千歳がにこにこ、否《いな》、にやにやと笑って付け足すので、真昼の頬が更に赤くなっていた。

「いつの間に名前で呼び合うようになったんだろうねえ、二人とも」

「……千歳」

「睨《にら》まないでよ。迂闊《うかつ》だったのは君もだよ？」

　そう言われたら黙るしかない。

　寝ぼけて気が抜けて、千歳がいるのに真昼と呼んでしまったのは周の落ち度だろう。

「まあ、まひるんから聞いてて名前呼び知ってたんだけどね」

「お前な」

「ご、ごめんなさい」

「違う、責めたのは真昼じゃない」

うっかり洩《も》らした事を責められたのだと勘違いしてる真昼に慌てて首を振ると、千歳がくすくすと楽しそうに笑いだす。

「別に私としてはまひるんと周が仲良さそうで何よりだなーって思うだけだよ？　悪い事じゃないじゃん」

「お前は邪推が激しいんだよ。お前が思ってるようなものではない」

「ふーん？」

「なんだよ」

「ううん、べつにぃーなんでもなぁーい」

何でもないと言う割には何か言いたげなのだが、言葉で表すつもりはないようで肩をすくめていた。

こうなると問い詰めても無駄なので、彼女に聞くのは諦《あきら》めておく。

隣の真昼はというと、微妙に眉尻《まゆじり》を下げていた。

「……真昼？」

「え、いえなんでもないですよ」

声をかけたら我に返ったように慌てて笑顔を浮かべて首を振るので、これまた追及出来ずに唇を閉ざすしかなかった。

「……で、ちゃんとお昼ご飯出来たけど食べるんでしょ？」

「食べるけど、ほんと気付かぬ内に昼になってたな……」

「ぐうすか寝てたから、途中で寝顔眺めて遊ぶくらいには時間あったよ？」

「……悪戯はしてないだろうな」

「悪戯はしてないよー」

悪戯はしていない、と言われても、あまり信用が出来ないのは、千歳の日頃《ひごろ》の行いのせいだろう。

「どうしたんだい少年よ」

「悪戯以外ではなんかしたんだな」

「別にー？　私何もしてないもーん」

「ほんとかよ。真昼、こいつなにもしてないよな」

確認のために真昼を見やるが、真昼は急に話を振られて困ったのかへにょんと眉尻を下げて苦笑を浮かべる。

「千歳さんはなにもしていませんけど……」

「そうか。してたら両こめかみをぐりぐりしてやろうと思ったんだが」

「暴力はんたーい！」

そう言いつつもけらけら笑っている千歳に、呆《あき》れながらため息をついた。

ようやく、というには周は寝ていたので時間経過を感じていないが、昼食となった。

千歳も今回ばかりは真面目《まじめ》に作ったらしく、テーブルには綺麗《きれい》に焼き上がったキッシュや濃厚な海老の匂いが漂うビスクが並んでいる。

今回はワンプレートで盛り付けていたので、サラダやキッシュ、ビスクに海老のソテーと彩《いろど》り豊かにまとまっていて、カフェで出されるようなランチに見えた。

「おおうまそう。……真昼、味は」

「大丈夫ですよ。変なものは入ってませんし味見しましたので」

「よかろう」

「どんだけ疑われてるの、もー。今日はちゃんと作りましたー」

失礼しちゃう、とぷりぷり怒っているが、そう言って不意打ちしてくる事もしょっちゅうだったので半信半疑になるのは仕方ないだろう。

今回は真昼監修なので安心して食べられる。

「あ、キッシュはまひるんのだよ。私はいっくんにあげる分作ったから」

「キッシュまるごと渡すのか……」

「手のひらサイズの小さめのだから大丈夫。えへへー、いっくん喜んでくれるかなあ」

満面の笑みを浮かべている千歳を、真昼は微笑ましそうに眺めている。

千歳は悪戯さえ仕込まなければ基本的には彼氏思いの少女なので、樹《いつき》もいいやつを彼女にしたんだなと胸がほんわかと温かくなる。

ただ度が過ぎる事があるので、彼女を信頼しきるのはちょっと危険なのだが。

にこにこしている千歳に周も小さく笑って、目の前に用意されたプレートに向かって手を合わせる。

「じゃあいただきます」

「はいどーぞ。美味しく食べてねー」

はにかんだ千歳は、やはりこいつも女の子なんだなと思わせるくらいに魅力的だった。


「……その、ごめんなさい」

千歳が帰った後、真昼が唐突に謝った。

何故謝られたのかも分からずに目を丸くして隣に座る真昼を見たら、もじもじと身を縮めて申し訳なさそうに眉尻を下げている。

「……悪戯の、事」

「悪戯？」

「千歳さんは、周くんに何もしてませんけど……その、私が」

「え、真昼が？」

確かに千歳本人は何もしていないと言ったし、真昼も千歳は何もしていないと言った。真昼自身がしていないとは一言も言っていない。

周としては真昼がこっちに何かするなんて全く考慮してなくて無意識に除外していたのだが、どうやらその真昼が何かしたらしい。

罪悪感で白状してしまったらしく、微妙に居たたまれなさそうだった。

「何したんだ」

「その、ほっぺぷにぷにを……」

「……それ悪戯の範疇《はんちゅう》に入るのか」

「そ、それから、周くんの寝顔眺めたり周くんの髪をもふもふしたりしました」

「真昼それ好きだよな」

「……は、はい」

「それだけ？」

「……はい」

しゅん、と反省の見える態度を取っているが、それ悪戯じゃないと突っ込んでやりたい。

真昼がしたのは、悪戯というかただのスキンシップだろう。

それが悪戯なら周は真昼に悪戯を仕掛けている事になるので、悪戯判定されても困る。

「別に怒んないよ。まあ真昼が楽しいならそれでいいんじゃないのか、俺が人前で寝たのが迂闊《うかつ》だっただけだし」

「あ、ありがとうございます……」

「まあこんなやつの寝顔眺めても楽しくないとは思うんだが……」

「……可愛《かわい》かったですよ？」

「男の寝顔に可愛いと言うのはお前だけだよ」

「そんな事ないです。千歳さんだって言ってました」

「それは確実にからかいの意味でだぞ……」

千歳については絶対に面白《おもしろ》がって可愛いと口にしている。

真昼が思う可愛いとは別なので、あまり信用しないでほしい。

「……可愛くて、つい」

「つい？」

「いっぱいぷにぷにしてしまって」

「男の頰つついても楽しいもんなのかねえ」

「楽しいですよ？」

周自身からすれば、頰は女子と比べて固いしつついてもそう楽しいものではない。

真昼が何に楽しみを見いだしたのかは分からないが、つつく行為そのものが楽しいなら文句は言えない。

「まあ気持ちは分からんでもない。お前のほっぺもぷにぷにしてて触り心地いいし」

真昼いわく悪戯な事を、本人にも仕掛ける。

といっても、あんまり遠慮なしに触るのも問題なので控えめに指先で柔らかな頬をつついた。

真昼の頬はやはり女子特有の柔らかさがあり、ふにふにもちもちといった感触だ。無駄な肉はないが、肉質そのものが柔らかいと言えばいいのか。

肌は手入ればっちりなので滑らかで瑞々《みずみず》しく、触れるだけで楽しさを覚えるくらいに触り心地がよかった。

真昼が触ったならこっちも触っていいのではないだろうか、なんて自分に言い訳をしつつ、真昼の頬を軽くつまんだ。

うに、と柔らかく伸びる頬。

真昼がちょっぴり不満げに見上げてくるので、流石にやりすぎはよくないので宥《なだ》めるためにそっと指の腹で撫《な》でる。

そう、ちょうど子猫に触る時のように、優しく丁寧に。

「……ん」

すぐに不満げな顔は収まって、ふやっと何かを含んだようにふやけた笑みが浮かぶ。

たっぷりと含まれたのは蜜なのか、甘さを帯びた笑顔だった。

（……ほんとゆるゆるというか）

男に触られてこの笑顔を浮かべる真昼の緩《ゆる》さが心配になったが、そもそも真昼は男に体を触らせない、という事実に思い至って少し気恥ずかしくなる。

ある程度特別に扱われているんだ、と実感して、ソファの背もたれに頭をぶつけたくなった。

色々なもどかしさや衝動をごまかすために真昼の顎《あご》の下に手を伸ばして、今度は本当に猫を撫でるようにもしょもしょと指を動かせば「ひゃっ」と小さく声が上がった。

「……な、なんですか」

「猫カフェ行った時の練習」

「人間にしてどうするんですか……」

「真昼は猫っぽいから。でも犬っぽくてうさぎっぽい」

「どういう事なんですか……」

「そういう事だ」

最近分かってきたが、真昼は猫と犬と僅《わず》かなうさぎ要素を足して三で割ったような雰囲気がある。

知り合った最初はまんま警戒心の強い猫だったのだが、親しくなるにつれて犬のように人懐《ひとなつ》っこい……とまではいかないが、懐いた人間には笑顔を見せてついてきてくれるような面を見せてくれるようになった。

うさぎは、なんとなく周の中でうさぎには寂《さび》しがりなイメージがあったから追加しただけなのだが。

可愛がりたくなるんだよなあ、と本人が嫌がらないのを良い事に顎の下を撫でていたら、真昼が「頭の方がいいのに」と小さくこぼしたので、素直に頭を撫でてやる。

こういうところが犬っぽいのだとは、あえて言わなかった。

「……私が猫と犬とうさぎ……じゃあ、周くんは狼《おおかみ》です」

「そんなに俺、女に襲いかかってる風か……？」

「そ、そういう意味じゃなくて。狼は仲間思いだそうですよ。群れの仲間をすごく大切にするそうです。まあ群れは基本家族で形成されてるらしいのでそういった意味では違いますけど、周くんは、一度懐《ふところ》に入れた人はすごく大切にしてるから」

「……まあ、そうなのかもしれんが」

周の交友範囲は、狭い。仲が良いと言える人間は両手で数えられるほどだ。

ただ、その仲良くしている人間には出来るだけよくしたいし、大切にしたいと思っている。

その面を狼と言われたら、まあ否定をする事は出来ないのかもしれない。

「そ、それに……そうあってほしいというか」

「そうあってほしい？」

「……いえ、なんでもないですよ。気にしないでください。えっと、髪もふもふしてるから狼っぽいです」

「それ狼要素じゃない」

何か別の事を言おうとしてやめたらしい真昼が周の髪を触るので、周は追及はせず真昼の好きなように髪を触らせた。

千歳のお料理教室の翌日である今日も真昼は千歳と遊ぶらしく、周のお昼ご飯を作った後外に出ていった。

別に周の昼食を作らなくとも自分で確保出来るのだが、真昼は律儀に作って一緒に食べるので、作ってもらう側としては何も言えず真昼の厚意に甘える事になった。

微妙にそわそわしながら周の家を出て行った真昼の背中を見送り、周は空いた時間をどう過ごしたものかと息をこぼす。

現在十三時半を過ぎている。真昼が出かけていったように、出かけるには問題ない時間だが、特に予定のない身では外出する気にもならない。誰《だれ》かと遊ぶならまだ気力を振り絞って出て行くだろうが、遊ぶ相手がいないのならわざわざ家から出なくてもよいだろう。

では何をするかといった問題だが、家で出来る暇潰《ひまつぶ》しというのは結構限られている。

一番ありがちなのはゲームや漫画であるが、ＲＰＧものはシナリオをクリアしてやりこみ要素もやり尽くしているし、パーティゲームは一人で遊んでも然程《さほど》面白くない。

ならば漫画や小説といったものになるが、基本的に積読本《つんどくぼん》はないし何度も読み返しているので展開は覚えている。そもそも周は読むのが早いので一時間もあれば漫画ならシリーズごと読破してしまうだろう。

では他にやる事と言われても困るので、周はどうしたものかと悩んでとりあえず一度自室に入って机の上のブックスタンドにある参考書を開いた。

(千歳が見たら解《げ》せない顔をされそうだ)

やる事もないし、ゴールデンウィーク中とはいえ課題も出ている。そしてゴールデンウィーク後には中間考査が待ち構えている。

勉強は元々好きな方の周は、やる事がないなら勉強して暇潰しすればいいか、という学生の模範のような事を考えたのだ。

どちらにせよ課題は済ませておかなければならないし、明日のお出かけを憂いなく楽しむためにも、課せられた学生の本分をこなしておいた方がいいだろう。

基本的には真面目な性分な周は、そのまま机に向かって出された課題をこなすべくシャーペンを握った。

気付いた時には、時刻は十八時を過ぎていた。

真剣に集中するとのめり込んで他に何も見えなくなる事がある周は、すっかり窓から差し込む日が少しずつ傾きだしている事に苦笑しながら固まった体をほぐすべく軽く肩を回しながら、部屋を出る。

廊下に出るとすぐにキッチンが見えるのだが、キッチンには勉強中手洗いに出た時には居なかった真昼がエプロンを身に着けて居た。

どうやら外出から帰ってきたようだ。

玄関の解錠音にも気付かないくらいに集中していたのは良い事なのだろうが、出迎えもしなかった事はあまりよくないだろう。

「お帰り。出迎えなくてすまん」

「いえ、それはよいのですけど……私も声をかけませんでしたから。お部屋で何かしてるんだろうなって思ってましたし」

「部屋で課題してた」

静かで非常に捗《はかど》ったのだが、真面目にしすぎたせいか若干体が固まっている。もう少し体勢を変えつつ勉強すればよかったと後悔しているところだ。

話しながら軽くストレッチしている周に、真昼はくすりと小さな笑みを落とす。

「真面目ですねえ」

「俺は課題を先に終わらせて遊びたい派だから」

「まあ私もそうですね。継続的に勉強はしますけど」

「そっちの方が余程真面目なんだよなあ」

周も継続的に勉強して頭に繰り返し刻み込む派ではあるが、真昼ほど厳密にしてはいない。

ちなみに樹は先に終わらせて本当に遊ぶ派、千歳は先に遊んで後から泣き付いてくる派だという事を去年の夏休みに理解しているので、今年の夏期休暇後半は大変な事になりそうである。

「習慣化してしまえばそう面倒なものでもないですよ。それが当たり前になると何とも思わなくなるので」

「偉いなあ。俺も当たり前になるくらいに頑張らないとな」

真昼の努力を知らない人間からしてみれば天才、天から何物《なんぶつ》も与えられている才媛《さいえん》、と評される真昼であるが、周から見れば天才である事は否定しないがそれ以上に努力家だ。

表であまり見せないだけで、裏で努力を欠かさない。だからこそ成績も容姿も運動能力も優れている。

真昼の頑張りを知っているので、努力を認め称賛こそするが、妬《ねた》む事はない。真昼の能力は努力の末に勝ち取られたものであり、同じものを求めるなら相応の努力をしなければならないだろう。

真昼ほどの域に達せるとは思わないが、成績くらいもっと上げようと思っている周が感心すると、真昼はくすぐったそうに眉尻を下げた。

「そんなに褒めても何も出ませんよ。精々食後のプリンくらいです」

「えっ、もっと褒めようか」

「現金ですねえ」

おかしそうに笑った真昼を横目に冷蔵庫を開けてみれば、本当にプリンが入っている。市販品ではあるが、これは千歳お気に入りのパティスリーのプリンで周も好きな商品だ。

真昼の手作りが一番とはいえ、こちらも美味しいので俄然《がぜん》気力が湧《わ》いてきた。

一気に顔を明るくした周に真昼がくすくすと笑っているので、我に返って微妙な気恥ずかしさを覚える。

「本当に卵好きですよねえ」

「ああ、好きだぞ」

もう食の好みを知り尽くされている真昼に対して誤魔化《ごまか》す必要もないので素直に頷《うなず》けば、何故《なぜ》か真昼が固まった。

洗い終わったじゃがいもを手にしたままフリーズしている真昼に、どうかしたのかと顔を覗きこもうとしたら思い切り顔を背《そむ》けられる。

「真昼？」

「……何でもないです。それより、お手伝いする気がないならキッチンから出て行く事をオススメします」

「急に辛辣《しんらつ》。いや手伝うつもりで来たんだけど……」

流石に真昼ばかりに家事をさせる訳にもいかないし、体を動かした方が体をほぐすにもちょうどいいだろう。

キッチンラックに置いてある周用のエプロンを身に着けると、真昼が無言で洗ったじゃがいも数個をボウルに入れてピーラーとセットで渡してくる。その間も目を見てくれない。

「ちなみにこのじゃがいもは何になるんだ?」

「……ポテトサラダを作る予定でしたがフリッタータの具材にします」

「それ路線変更すぎない?」

「いいんです。キッチンの主は私なのです。私に従うべきです」

「よ、よく分からないがそうだな」

周宅のキッチンとはいえ料理を主にするのは真昼なので、実質このキッチンは真昼の管理下にある。そもそも周は真昼よりこのキッチンの事を知らないので、素直に従っておくべきだろう。

機嫌がいいのか悪いのか、おそらく後者であろうが、ややツンとした口調の真昼に困惑しつつも、手を洗ってじゃがいもを剝《む》き始める。

流石にピーラーで怪我《けが》したり失敗をする事はないので気楽に剝いていると、真昼は自分の作業をし始める。

急に思い立ったように献立を変更したらしいが、そもそも冷蔵庫の中身を一番把握しているのは真昼なので問題ないだろう。

「……そういえば、今日は何してきたんだ？」

二人並んでも調理には余裕があるキッチンなので並んで作業をしているが、無言で作業し続けるのも悪くはないが暇なので話題を一つ持ち出すと、真昼はぴくっと体を揺らした。

「えっ……ええと、その……そ、相談に乗ってもらった、というか」

「何か悩みでもあったのか。解決したのか？」

悩む事があるなら相談してもらいたかったというのが本音であるが、女性同士でないと分からない悩みも多そうなので周が無理に口出しする訳にもいかない。

「え、ええ、まあ。それが分かるのはまた後日ですが」

「ふうん。それならいいんだけど」

解決したなら周がそれ以上言う事もないし聞き出すのも悪いので口を閉ざすと、真昼はおずおずとエプロンを引っ張ってくる。

「……周くん」

「うん？」

「そ、その、周くんは……清楚《せいそ》系と大人っぽいもの、どっちがいいですか」

急な問いかけにぱちりと瞳をしばたたかせるが、真昼は困ったような顔で周を見上げるだけで質問の理由までは聞いてこない。

恐らくではあるが、明日のお出かけの格好はどういったものがいいか、という問いかけなのだろう。

「当人に似合うものでいいんじゃないのか」

「周くんの好みの話です」

「そんな事言われても。似合ってるのを見るのも楽しいし、本人が着たい服を着て楽しそうにしてるのが一番いいと思うけど」

「……周くんの好みの話です」

「ええ……」

別に真昼が好きに着るのが一番いいと思うのだが、それでは納得しないようだ。

「別にどっちでもいいと思うんだけど。清楚なのは真昼の雰囲気に合って可愛いだろうし、大人っぽいのは真昼の綺麗《きれい》さを際立《きわだ》たせる方だと思うから。どっちも似合っていいと思うけど。それぞれのよさがあると思うし、現物を見ないとどちらが好みとか分からないんだけど」

「……あ、周くんは割とそういう事を素で言いますよね、もう……」

「いや真昼が求めてきたんだろ。……あー、じゃあ清楚な方で」

どちらか答えを出してほしそうな感じだったのでどちらかといえばそっちを見たい、と伝えれば、真昼は周から体ごと背けて「ではそちらにします」と返す。

「……余裕綽々《よゆうしゃくしゃく》な周くんの度肝を抜けるように頑張ります」

「それ清楚じゃなくなる気がする」

「では周くんを呆《ほう》けさせるようにします」

「あんまりされても困るんだけど」

「精々困ってください」

今日は真昼の言葉の圧がやけに強いがそれも可愛らしいものだったので、周はひっそりと笑いながら、じゃがいもの皮を剝く作業を続けた。

第9話　天使様とお出かけ

「おはようございます、周《あまね》くん」

普通人とのお出掛けというのは待ち合わせから始まるものだが、真昼《まひる》との場合は彼女がうちにやってくる事から始まった。

隣に住んでいるしいちいち待ち合わせなんてしなくてもいいだろう、という合理的判断の下真昼が家にやって来た。

今日の真昼は、いつもの真昼とはやはり違った。

「おはよう。……今日は髪上げてるんだな」

「猫ちゃんと遊ぶのであれば邪魔になりますからね。どうですか？」

普段下ろして後ろに流している髪は編み込まれてお団子にまとめられている。料理の時にするようなものとは一線を画する手の込み具合が見てとれた。

「いや、似合ってるよ」

「それならよいのですけど……そ、その、……笑うなら笑ってくださいね」

「なんで急に」

「……浮かれてるって思ったでしょう」

きゅっと胸元《むなもと》を押さえている真昼は、いつもよりもほんのりと肌が見えている格好だ。

こう言うと露出しているかのように思えるが、襟《えり》ぐりが広めのシフォンブラウスなので、真っ白なデコルテが覗《のぞ》いているので露出があるように見えるだけなのだが。

袖《そで》部分は長いランタン袖で、側面にスリットがありレースで隠しつつほんのりと二の腕を透けて見えさせているのが妙に色っぽい。

もちろんインナーは着ているので危うく上から色々見える、という事はないのだが、何となくフェミニンさの中にも清楚《せいそ》な色気を感じてしまう。

ボトムの方は猫と遊ぶ事を考えたのかスキニーをはいているが、体型にぴったりと合ったものなので細いおみ足のラインが露《あらわ》になっていた。

手首には、周がプレゼントした花を模したブレスレットがつけられている。

大切につけると言っていたのを思い出して、自然と胸が熱くなった。

「思ってないよ。いつもより可愛《かわい》いとは思ったけど」

「……そういう事をさらっと言えるのはご両親の教育の賜物《たまもの》なんでしょうね」

「まあ父さんには女性はおしゃれしていたら褒めるものだって言われてるし。……もちろんお世辞じゃないから安心しろ」

「……信じておきます」

ほんのりと顔を赤らめてバッグを抱き締める真昼に、周は苦笑して頭を撫《な》でようとしてやめた。

流石に、苦労して仕上げていそうな髪を初《しょ》っぱなから崩すのはいただけない。

真昼は頭を撫でられそうで撫でられなかった事に瞳《ひとみ》をぱちくりとしていたが、髪を気遣ったのだと理解したらしくこちらも苦笑している。

ちょっぴり、周の右手を名残惜《なごりお》しそうに見ていたが。

「……周くん、最近私の頭撫でるのはまってませんか」

「嫌ならやめるぞ。あんまり無闇《むやみ》に触っていいもんじゃないもんな」

「い、いやな訳ではないです。……その、わ、私も好きな時にもふもふしたいです」

「別にいいけど今は駄目だぞ。ワックスついてるから」

流石に真昼と出掛けるので、例の男フォームになっている。

といっても真昼ほど手間がかかっている訳ではなく、きっちり髪を整えているだけなのだが。

服装もデニムジャケットに白のVネック、黒のスリムパンツといったカジュアルな服装なので、極端におしゃれをしている訳ではない。

真昼の隣に並んだ時に見劣りしそうな気がしているのだが、これぱかりは顔の問題もあるので仕方ないだろう。

「……していいのですか?」

「別に嫌がる事でもないし。今日は猫をもふもふで我慢しろ」

「い、今したい訳ではないので大丈夫です。……そっか、していいんだ……」

「俺《おれ》がしてるんだからやり返されても当然っちゃ当然だし」

真昼に髪を触られるのは別に嫌いではない……というかむしろ心地いいので、拒む事はない。

そんな事で真昼が満足するなら是非してほしいところである。

あっさり頷《うなず》いた周に真昼は最初おろおろとしたものの、やがて嬉《うれ》しそうに笑みを浮かべた。

「……じゃあ、今度もふもふするので、今日は猫ちゃんをたくさんもふもふしましょう」

「おう」

「行きましょうか」

「ん」

二人で同じ場所から出掛けるのも何だかくすぐったいな、と思いつつ、真昼を伴って家を出る。

彼女に合わせてゆったりと歩き出しつつ、そうだと思い出して彼女に手を差しのべる。

「お手をどうぞ」

茶化《ちゃか》すようにそう口にすれば、真昼は淡く頰《ほお》を色づかせつつ微笑《ほほえ》んで周の手を握った。

一応下調べをある程度してはいたが、実際に猫カフェに入ってみると、想像以上に広々とした空間が広がっていた。

受付と手洗いアルコール消毒を済ませた二人がカフェに足を踏みいれれば、猫達がそこかしこに歩いていたり丸まっていたり客と戯《たわむ》れていたりしているのが見える。

「おお……割と広いな。綺麗《きれい》だし」

飲食物を提供するのだから当然と言えば当然なのだが、それでも思ったよりもずっと清潔だった。

動物特有の臭いというものはほとんど感じられず、ほぼ無臭。

ネットでの口コミを見たが、衛生的で猫にも配慮した猫カフェだそうだ。

人気ではあるが猫にストレスを感じさせないように席数もやや少なめ。

猫のための隠れ家も用意してあり、あくまで猫と触れ合うというよりは一緒の空間を共有する、というスタンスのようだ。

このカフェは時間制であり料金はお高めではあるものの、それを払っても全く惜しくないと思えるくらいには綺麗で落ち着いた空間だった。

「ふわぁぁ……猫……見てください周くん、どの子も可愛《かわい》いですっ」

他の客と猫が居るために小さな声で、それでいて興奮が乗った弾んだ声で真昼は周の袖を引っ張る。

様々な種類の猫スタッフが居て、彼女はきょろきょろしながら瞳を輝かせていた。

あまり動物を話題に出した事はなかったが、かなり猫は好きらしい真昼の興奮っぷりに、周もついつい口許《くちもと》が緩《ゆる》んだ。

「そうだな、可愛いな」

「はいっ。あ、あの子シルクちゃんって言うんですすって」

何に可愛いと言ったかは理解していなさそうな真昼が、店員からもらった猫の写真と共に名前と品種の載ったプロフィール表を見ながら側に居たシャム猫を示す。

尻尾《しっぽ》と顔付近の毛だけ黒く、すらりとした肢体《したい》に白い毛並みが生え揃《そろ》っている猫だ。青い瞳が特徴的で、姿からはなんというか高貴さが漂っている。

真昼は触りたい、とうずうずしているもののいきなり触るのはご法度《はっと》なので、しゃがんで目線を合わせつつそーっと指を鼻に近付けて匂《にお》いを嗅《か》いでもらっていた。

ぴくぴくと鼻が動いている。

それだけで真昼は「可愛い」と声には出さず背中で語っているので、相当猫が好きなようだ。

ただ、シルクは一通り真昼の匂いを嗅いだ後、ふいと優雅な歩き方でどこかに行ってしまった。

真昼はしゅん、と見るからにしょげたような空気を醸《かも》している。

「別に嫌われた訳じゃなくて挨拶《あいさつ》終わっただけだと思うぞ」

「そ、そうなのでしょうか……」

「まあゆっくり慣れてもらえばいいだろ。とりあえず席につこうか」

立ち上がった真昼の手を取って、空いていたソファ席につく。

そこでようやく部屋の全体をゆっくり見る事になるが、やはり色んな種類のスタッフが居た。

先程の猫はシャム猫だったが、アメリカンショートヘアやエキゾチック、ロシアンブルー、マンチカンにベンガルといった個性豊かな猫達がそこかしこに存在している。

少し離れた隣の席ではアメリカンショートヘアの猫が机の上に乗って丸まっていて、その席に座っていた女性が優しく撫でているのが見えた。

「可愛い……」

羨望《せんぼう》も隠さない眼差《まなざ》しで他の客を見ているので、周は苦笑してメニューを眺める。

このカフェは提供される飲食物も美味《おい》しいと評判らしい。

おすすめはフォームミルクで作られた猫の乗るラテアートのようだ。何やら非常にラテアートを作るのが上手《うま》い店員が居るらしく、ＳＮＳなんかでよく写真がアップロードされている、そうな。

その辺りをうろうろしている猫に視線を寄せている真昼は一度そっとしておき、店員を呼んで定番のラテアートを頼んだ。

「勝手に同じもの注文したけどいいか？」

「え？　あ、はい、大丈夫ですよ」

やはり猫に視線が吸い寄せられていて気付かなかったらしい。

真昼はコーヒーも紅茶も大丈夫派なので、折角なのでささやかなサプライズという事で注文したものは内緒にする事にした。

しばらくすれば店員が笑顔で頼んだものを持ってきた。

ゆっくりとした動作でラテアートを崩さないようにテーブルに置いて会釈《えしゃく》をして去っていくのだが、真昼はカップの上のラテアートに視線が釘付《くぎづ》けだった。

「こういうの嫌いか？」

「い、いえ、すごく可愛いです……！」

「そりゃよかった」

真昼の前に置かれたカップには猫が丸まって寝ている風にフォームミルクが注《そそ》がれていて、ココアで猫の模様と表情が描かれている。周の方にはカップの縁にもたれるように猫が作られている。

繊細な形状と可愛らしさは、人気になるのも頷けた。

感動を残そうとしているのかスマホで写真を撮ってほくほくとしている真昼だったが、何故《なぜ》か愕然《がくぜん》とした表情になる。

「可愛くて飲めません……」

深刻そうに呟《つぶや》かれて、つい吹き出してしまう。

「わ、笑わないでください」

「いや、可愛い事で悩んでるな、と」

「だ、だって……こんな可愛い猫ちゃんが居るのに崩すのはもったいないというか……」

「飲まない方がもったいないけどな」

「ううっ」

まあ真昼の気持ちは分からなくもないのだが、放っておいてもいずれは崩れるし、崩れたり冷めたりしない内に飲むというのが作り手としては嬉《うれ》しい事なのではないかと思う。

周も鑑賞を充分にした後、遠慮なくカップに口をつける。

あぁ……と悲しげな呟《つぶや》きが隣で漏《も》れていたので笑いそうになったが何とか堪え、ゆっくりとカフェラテを飲んでいく。

真昼がしょんぼりしていたのでなるべく崩さないように飲んでみたが、味もやはり美味しい。コーヒーの深い味とミルクのコクが丁度よかった。

甘味はそうないが、別にブラックでも飲める周としては気にならなかった。

「ん、うまい」

一息ついてそうこぼすと、真昼は小さく唸《うな》っていたもののためらいがちにカップに口をつける。

猫を崩さないように慎重に飲んでいる姿は面白《おもしろ》いというか可愛いというか、ついつい口許が緩んでしまう。

「わ、笑われてる気配がするのですけど」

「気のせいだろ。美味しいか？」

「はい、それはもちろん」

カップから口を離してそう返した真昼を見て、耐えきれず肩を震わせる。

「な、何で笑うのですか」

「いや、白いおひげがついてるな、と」

猫を崩さないようにするあまり他のフォームミルクの部分に気付かなかったのか、真昼の口許にはサンタさんよろしく白いひげが彩《いろど》っている。

思わずスマホで撮ってしまうくらいには、非常に可愛らしい姿になっていた。

「あ、い、今撮りましたね⁉」

「ごめん。消さないと駄目か？」

「そ、そんな情けない顔残すんですか」

「可愛かったからつい」

そう言うと真昼はきゅっと唇を閉じてほんのりと顔を赤らめて、小さく「……一枚だけなんですからね」とこぼす。

それを告げた時も白いひげがついていたので、周はほっこりと胸が温かくなるのを感じながら笑うのを堪えて頷くのであった。

「……あ」

ラテアートの施されたカフェラテを飲み終えた辺りで、一匹の猫が周の膝《ひざ》の上に飛び乗ってきた。

先程隣の席に居たアメリカンショートヘアだ。

プロフィール表を見ると『カカオ♀』と書いてある。

人懐《ひとなつ》っこいのか図太いのかよく分からないが、いきなり膝の上に来たので周としては困惑していた。

気ままなのは百も承知だが、急に近寄ってこられると微妙に落ち着かない。

膝の上にあるぬくもりは思ったよりもずっしりとしていて、まるでここは私の場所だと言わんばかりに堂々と丸まっている。

「人懐っこいんだなこの子」

手の匂いを嗅がせながら真昼の方を見ると羨《うらや》ましそうにしている。

嗅ぎ終えたカカオが周の掌《てのひら》に顔を擦《す》り寄せたので、撫でてほしいとせがまれているのかと真昼で練習したように顎《あご》の下を擽《くすぐ》るように撫でてやった。

ごろごろと喉《のど》を鳴らしているのが、振動と音で分かる。

可愛いなあとほっこりしながらわしゃわしゃと撫でているのだが、隣の真昼からの羨ましそうな視線が気になってつい笑ってしまった。

「真昼、手」

「え？　は、はい」

素直に手を差し出して来たので、周は一度カカオから手を離して、代わりに真昼の掌をカカオの顔の辺りまで持っていく。

おそらくこの猫は人懐っこいしかなり人慣れしているので、ちゃんと挨拶をすれば触らせてくれるだろう。

すんすんと真昼の手の匂いを嗅いだカカオが「なぁーん」と何とも気の抜けた鳴き声を上げて真昼の掌に顔を擦り付けたので、真昼が感極《かんきわ》まったように瞳を輝かせていた。

「周くん、撫でさせてくれました」

上機嫌の真昼に笑いつつ周も毛づやを整えるように撫でておく。

手入れが行き届いているのか、毛並みはふわふわつるつる。嫌な臭いもせず猫特有の匂いがほんのりとする程度で、店員達にも大切に愛されてるんだなあとつくづく思う。

どの猫も毛づやも顔色もよいし極端に体型が太っていたり痩《や》せていたりする子も居ない。体調と体型の管理をされた猫達はどの子も自由そうに歩いていた。

「……可愛いなあ」

「ほんとにそうですね。……周くんが羨ましいです……」

「カカオに頼んでみたらどうだ。膝に来てくれって」

言葉はまず通じないだろうが、ジェスチャーは案外通じるらしい。

真昼が試しにと膝をぽんぽん叩《たた》いて「おいでー」と呼んでみると、カカオが一鳴きして真昼の膝にのそりと移動した。

その時の真昼が浮かべた感動の表情は、見ているこちらも嬉しくなるほどに喜びに満ちていた。

「見てください、乗ってくれましたっ」

「よかったな。ほら撫でてほしがってるぞ」

周の硬い膝より真昼の柔らかい膝の方がお好みなのか、先程より高い声を上げて真昼の掌に自ら顔を寄せている。

満面の笑顔で存分にもふり出した真昼に周は苦笑しつつスマホでその姿を収めておいた。

「これならセーフか？」

「……セーフにしておきます」

そう言ってカカオを撫でた真昼に笑い、周は一度席を立つ。

壁際に本棚があって雑誌や漫画が置かれているので、幾つか席に持っていこうという魂胆だ。

猫カフェといっても常に猫と戯れている訳ではないだろうし、猫の居る空間でゆったりと過ごすという事が目的なのでこうやって寛《くつろ》ぐのもありだろう。

真昼がカカオに夢中になっている間に本棚から適当に本を見繕っていたら、足元に最初に真昼が挨拶したシルクが居た事に気付いた。

しゃがんで人差し指を鼻に近付けてみると、やはり挨拶としてくんくん匂いを嗅いでくる。

この仕草も可愛いのでついつい頬が緩んで眺めていたら、嗅ぎ終わった後前足を浮かせてこちらの腕に飛びかかるようにもたれた。

みゃおんとカカオとはまた違う高い鳴き声を上げて接触してくるので、周は床にあぐらをかく。

高貴な雰囲気ではあるがやはり人慣れはしているらしく、おさわりを許してもらったので撫でてみたらご満悦の表情を浮かべている。

喉を鳴らして擦り寄ってくるので、これはもっともふれという合図だという事なのだろう。

シルク様のお望みのままに優しく丁寧に指で撫でさすった。

樹《いつき》の家には猫が居るので、触り方自体は心得ている。

どう触れば猫が気持ちよくなるか、甘えてくれるか、理解した上で反応を見て手つきを変えていく。

(可愛いなあ)

ごろごろと喉が鳴っているのを感じて、ふわりと口許《くちもと》が弧を描いた。

最初はどこかツンとすましたような態度だったので、許してもらうとこうも甘えてくるとは思ってもいなかった。

（何かに似てるなあと思えば、真昼か）

真昼も、最初は素っ気なかったし寄せ付けないような雰囲気だったが、一度気を許すと信頼の眼差《まなざ》しを向けてきて甘えたり油断したりしている。

そういうところが猫気質だと思っていたのだが、実際こうして比べても猫っぽいのではないだろうか。

心の中でシルクに天使様二号という称号を与えつつ、気持ちよくなるように丹念に撫でていたら、ふとかしゃりというシャッター音が聞こえた。

顔を上げると、真昼がいつの間にか近付いてきてスマホを構えていた。

「遅いと思ったら……シルクちゃんといつの間に仲良くなったのですか」

「なんか分からんが撫でてもらいに来た」

「ずるいです……私も触りたいです……」

「カカオは？」

「猫は自由気ままな生き物ですよね……」

どうやらどこかに行ってしまったらしい。

カフェを見回せば、カカオはキャットタワーの二段で丸まっていた。先程まで真昼に触らせていたが、気分が向かなくなったのだろう。

「周くんはシルクちゃんがお気に入りになったのですか？」

「いやまだ全員と触れあってないからなんとも。……ただまあ、何か真昼に似てるってのはあるからもふりたさはある」

「似ている？」

「いや、真昼って最初はツンとしてたっていうか凛《りん》としてて素っ気なかったけど、一度懐くと割と甘えてきたりするから」

ただ、甘えて油断する辺りまでは猫っぽいが、全幅の信頼を寄せて構って攻撃するところは犬っぽいと思うので、やはり猫と犬のハイブリット感は否《いな》めない。

本人は無意識に頼って甘えてきているので、周としては嬉し恥ずかしといった気持ちなのだが。

「……ねこじゃないですもん。それに、誰《だれ》にでも懐くという訳では」

「まあ真昼って警戒心強いからな」

「……猫扱いしてませんか」

「してないしてない」

いつも真昼を撫でるように猫を撫でつつ答えて「なー？」とシルクに同意を求める。

空気を読んでくれたのかたまたまなのか、シルクも「なぁー」と鳴き声を上げてくれたので、真昼もそれ以上は追及出来ないようだ。

ただ、真昼がやや不満そうにこちらを見てくるので、猫を触っていない左手で真昼の頭を撫でておいた。

「……やっぱり猫扱いしてます」

「まあまあ。ほら、真昼もシルクと遊ぼうか。受付に言ったらおもちゃ貸してもらえるらしいから」

「ご、誤魔化《ごまか》されません」

「一緒に遊ぶのは嫌か？」

シルクと戯れつつ問いかければ、真昼が唇を小さく尖《とが》らせて「周くんはずるいです」とこぼして、おもちゃを借りるべく受付に向かっていった。

入れ替わりで取りに行こうと思っていた周は目を丸くして、それから何故か微妙に拗《す》ねてしまった真昼の表情を思い出して首を捻《ひね》る。

「何がずるいんだろな」

シルクをだしにした事だろうか、と真昼の表情の理由を考えて呟いてみるが、シルクは「私が知った事か」と言わんばかりに鳴いて周の掌に額を擦り付けた。

結局微妙に真昼が拗《す》ねた原因は分からなかったが、猫達と遊んでいる内にいつの間にか機嫌が直ったらしく笑顔を向けてくれるようになった。

途中から周そっちのけで猫に首ったけになっている真昼を苦笑して見守っていた周だったが、

猫達が何故か周の膝を陣取り出した。

その様子を見てまたも拗ねさせてしまったものの、シルクが仕方ないなあと言わんばかりに真昼の腿《もも》に乗って事なきを得た。

割と猫に好かれるのか、可愛がっていたらおやつも与えていないのに他の猫に群がられる事態に陥《おちい》るという貴重な体験をしたりしつつ、猫満喫タイムは終わりを迎えた。

互いにコロコロで猫の毛を取ったり手洗いをしたりしつつ、真昼が手を洗っている隙《すき》に会計を終えてしまえば不満げな顔で見られる。

「何でそんな顔してるんだ」

「そういう気遣いしなくていいのですけど」

「気遣いじゃなくて自己満足だから安心しろ」

こっちが勝手に払っているのだから、気にする必要はない。

「むしろこっちとしては、一人で入りにくい猫カフェについてきてもらった、という事で感謝してるくらいだし。な？」

「……でも」

「こういう時は甘えとくもんだぞ。納得いかないなら……そうだな、また今度一緒に来てもらうって事でチャラはどうだ？」

「……それ、私は得しかしてませんよ？」

「俺も得だからウィンウィンだな」

問題ないな、と笑えば、真昼はきゅっと唇を結んで周の二の腕に頭突きして、改めて周の手を握り返した。

あらかじめ選んでおいた評判の良さそうなレストランで昼食を済ませて、周達はショッピングモールにやって来た。

ちなみに評判のレストランだが、やはり評判に違《たが》わぬ美味しさであった。ただ、好みの問題でいえば真昼の料理に軍配が上がるので、やっぱり真昼の料理が一番だと再認識する。

ゴールデンウィークという事だけあって平日と比べて客の数がかなり多いので、真昼の手をしっかりと握りつつ一度壁際に寄って、これからの予定を決める事にした。

「そういえば、ショッピングモールで何する？　買い物って言ってたけど何か買いたいもんあるのか？」

「こ、これといってないですけど、その、一緒に見て回るのとか楽しそうだなって……だ、駄目ですか？」

「いやいいよ。俺は割とウインドウショッピングとか平気だし」

実家では母親に連れ回される事が多かったし、家族でのんびり見て回るという事も多かったので、男性が割と苦痛に思うような事には耐性がある。

それに、真昼が見たいものを見るというのも、悪くない。

「何から見たいんだ？　雑貨とか服とかインテリアとか色々あるけど」

この大型ショッピングモールは数えきれないほどの服飾店や飲食店、雑貨屋、アミューズメント施設などが併設されていて、一日では回りきれないくらいには広く多様な店が入っている。

流石に全部を見て回るというのは無理なので、行きたいところをある程度絞らなければならないのだ。

「じゃあ……服からでいいですか？」

「いいよ。新しい服でも買うのか？」

「いいのがあったら買いたいですね。今年の夏物も出てますし、新しいの買いたいなって」

「夏かー……早いもんだな」

やや汗ばむような季節になりかけているものの、それでもまだ暖かな陽気が降《ふ》り注ぐ程度の季節なので、夏物は気が早いと思ってしまう。

シーズンを先取りするのが基本とはいえ、やはり春気分が抜けない。

「今年の夏は……あー、真昼はうちに一緒に行く……のか？」

「え、は、はい。周くんや志保子《しほこ》さん達がよければ、ですけど」

以前帰省ついでに真昼も一緒に実家に来てみるか、という話は覚えていたらしく、こくこくと頷いている。

「あの後母さんに一度聞いてみたけど是非だってさ。むしろ連れてこいって力強く言われた」

確認しなくても承諾してくれそうだったが、部屋の用意とかもあるので一応確認したところ「大歓迎よ！」との事なので、今年の夏は真昼と一緒に実家に帰る事になるだろう。

連れて行かないと志保子からクレームが来る事間違いなしなので、真昼が乗り気なのはありがたかった。

「まあ、俺の地元って大したところじゃないけどな。レジャー施設とかは割と多いかもしれんが」

「そうなんですか？」

「母さんが連れ回す先に困らない程度には色々ある。こういったショッピングモールとか、ばかでかい自然公園とか、無駄に規模のあるウォーターランドとか」

都会すぎず田舎《いなか》すぎず、といったほどよい立地なので、夏も冬も退屈しないのが地元だ。退屈というか連れ回されて暇すらない事もあったので、時間潰《つぶ》しの手段は割とある方だ。

夏ならウォーターランドが開いているのでスライダーに乗ったりゆったり泳ぐというのが中々に気持ちよかったりする。

今住んでいる地域にも大きめのウォーターランドはあるので、夏休みが始まってから泳ぎに行くのも良いかもしれない。

周はこれといって得意な運動はないが、運動そのものを嫌っている訳ではない。泳ぐ事は好きなので、一人で行くのもいいかもしれない。真昼とプールに行きたいなんて、明らかに下心ありすぎな誘いなため口に出す訳にはいかないだろう。

「うちの学校、水泳は選択だから取ってないと泳ぐ機会ないし、泳ぐのも良いかもな。もしよかったら母さんと二人で行ってきたらど……真昼？」

「い、いえ、なんでも……」

「ああ、安心しろ。水着見たいとか不埒《ふらち》な事は考えてないぞ？」

「そ、そういう誤解はしていないんですけどっ。ぷ、プールかぁ、と」

「なんか問題あったか？」

夏場にプールは定番だと思うし、変な事はないと思っていたのだが、真昼が微妙にぎこちなさそうな動きで首を振る。

「そ、の……えっと」

「ん？」

「お、泳がないでいいなら、その……行く事も検討するというか……」

「……もしかして、泳げない系？」

目を露骨に逸《そ》らされた。どうやら図星だったらしい。

「……俺、お前なんでも出来ると思ってた」

「そ、そんな事はないですっ。水泳は選択だから誰にも言わずに済むと思ってたのに……」

どんどん顔が赤らむのは、羞恥《しゅうち》によるものだろう。

「なんつーか意外というか……」

「もっ、もういいじゃないですか泳ぎについては。ほら、行きましょうっ」

あまり泳げない事に触れてほしくないらしく、すっかり赤くなった顔で真昼が手を引く。引くというか、腕に体を密着させてぐいぐいと抱き締めるように引っ張っていた。

本人は話を逸らしたいから強引にウインドウショッピングに出発しようとしているのは分かるのだが、いかんせん体勢がよろしくなかった。

少しずつ暑くなってきた季節に合わせているので、どうしても服の生地は薄くなる。

今回の真昼のシフォンブラウスは見た目の軽《かろ》やかさに伴って、当然生地も薄め。おまけに今回はデコルテ部分が綺麗に見える広めの襟ぐりで、中のインナーに大部分隠れているとはいえ、周の角度からだときゅっと寄ったそれが見えるし当たる。

しかし今それを指摘したら今度は茹だって逃亡しそうな気がしたので、敢《あ》えて何も言わずにやんわりと真昼の体から腕を解きつつ手をしっかりと握る。

もう少し柔らかいものを素直に堪能出来たなら苦労しないのだが、罪悪感が先に立ってしまうあたり自分は意気地なしのへたれ野郎なんだろう、と内心で自嘲《じちょう》する。

「分かった分かった。走るなよ、転ぶから」

「……子供ではないです」

周の動揺を知らない真昼がそっぽ向いたのをいい事に、周も少しだけ彼女の視線から逃れるように外側を向く。

未《いま》だに腕にほんのりと残っている柔らかさの残滓《ざんし》を必死に頭から追い出して、周は真昼に聞こえないようにそっとため息をついた。


真昼に手を引かれる形で道沿いに並んだ店を眺めていくが、改めて思ったのは真昼はやはり人目を惹《ひ》くという事だ。

普段から天使様と呼ばれるだけの清楚な美しさを持っているのだが、今の真昼は庇護欲《ひごよく》をそそり触れたくなるような愛らしさと屈託《くったく》のなさを遺憾なく発揮している。

天使様モードの真昼は絵のような美しさと儚《はかな》さがあり、触れてはならないといった気持ちにさせる。ただ、それは繊細すぎるし作り物めいた美貌《びぼう》ゆえに、周にはやや生気がないようにも見えてしまうのだ。

今こうして手を繋《つな》いでいる真昼は、純粋な笑顔を浮かべ生気に満ち溢《あふ》れている。声に出さずとも「楽しい！」という感情が周を摑《つか》む手や足取りから窺《うかが》えた。

控えめに微笑むのも綺麗だが、こうして感情を表に出して喜びに満ちた笑みを浮かべている方が、取り繕った姿よりずっと可愛く見える。

「……どうかしましたか？」

「いや、お前と歩くと視線の量すごいなって」

男女共に視線がこっちに向いてるので、真昼の美少女さを思い知らされているのである。

「……私だけが見られてる訳じゃないと思いますよ？」

「まあ付き添いの俺にもある程度値踏みの視線はくると思うが」

「そういう意味じゃないです、もう」

不満げに見上げられたものの、それ以上は続ける気がないのかきゅっと手を握り直した。

小さく「周くんは自覚がないのが困りものです」と呟かれたが、真昼と並べば当然自分も見られるのは分かっているし、比較すれば劣るのは明白なので自覚も何もないだろう。

「まあいいです、これはおいおいご理解いただけるまでゆっくりと私がお話ししますし」

「えっ何それこわい」

「怖いとは失礼ですね……あなたが悪いのですよ？」

つん、と人差し指で鼻を押されて黙らされる。

ただ、不機嫌というよりからかうような笑顔を浮かべて周の鼻をちょんちょんと小突いて、満足したのか離して周の手を引いた。いや、正しく言えば周の腕に身を寄せてきた。

「……自信持ってくれたら、もっと話は早いのですけど」

二の腕に額をくっつけながら呟いた真昼に、耐えきれず周は目を逸らす。

（……わざとじゃないから質が悪いんだよなあ）

ほんのりと当たっている柔らかさに意識が行かないように気を付けつつ、やんわりと距離を空けようとするものの、真昼がどこにも行くなと言わんばかりに腕を捕まえてくる。

これがわざとだったら大した小悪魔ぶりに戦慄《せんりつ》するのだが、本人はあくまで無自覚にやっているので別の意味で戦慄してしまう。

このままでは顔が茹《ゆ》だりそうなので、周は何とか意識を別の方に向けようと軽く辺りを見回して、丁度良く真昼が好きそうな落ち着いた服装が並ぶ服屋を見つける。

「ほら、あのマネキンの服真昼に似合いそうだぞ。見ていかないか？」

頬の熱を誤魔化すように空いた手で指差せば、真昼が「周くんの好みなんですか？」と興味を示したようで、自然と二人の足はその店に向かっていた。

「これですか？」

「ん、まあ。真昼は何でも似合うけど、こういうのもやっぱ似合いそうだなあと」

マネキンには、白地に細いストライプ柄のオフショルダーワンピースが着せられている。

夏服なので生地はやや薄めで肩も出ていて涼しげな印象を抱かせた。

こういう服は華奢《きゃしゃ》でデコルテが綺麗な女性がよく似合うので、真昼ならよく似合いそうだと思ったのだ。

マネキンの隣に立った真昼を見ながら脳内で着せてみても、爽《さわ》やかで涼しげな真昼の姿がすぐに思い浮かぶ。麦わら帽子がよく似合いそうな姿だ。

「ちょっと試着してきますね」

　真昼の決断は早かった、というか予定してたかのようにマネキンの側にかけられた同じ服を手にとった。

　微妙に気合いの入っている真昼にちょっと気圧《けお》されつつ鞄《かばん》を預かれば、彼女はすぐに試着室に消えていく。

　なんであんなやる気満々なんだ、と困惑しつつ真昼が着替えるのを待つのだが、何やら周りから生暖かい視線が寄せられて更に困惑する羽目になった。

　店員だけではなくて周囲の客まで微笑ましそうにされて、周としては非常に居心地が悪い。早く帰って来てくれ、と心の底から思いつつ真昼を待っていたら、ようやく試着室のカーテンが開いて真昼が出てきた。

　ただ、服は着替えていない。

「お帰り。……着なかったのか？」

「いえ、着てサイズは確かめました。ただ……その、今は下着的な問題で見せられないというか……」

「す、すまん」

　今着ているシフォンブラウスもそれなりにデコルテが見えるものの、オフショルダーの比ではない。

ああいう肩出しの服を着る時はいつもと違う下着を着けているらしいので、今は見せる事が出来ないのだろう。

「ただ、周くんが似合うだろうって言ってくれましたし、着て気に入ったので買います」

周からバッグを受け取って腕に抱えたワンピースをレジまで持っていくので、慌てて後を追いかける。

真昼に似合うと自分が言い出したので払うべきかと財布を取り出そうとしたのだが、真昼が鞄を探ろうとした周の手を止める。

「駄目ですよ。これは、私が買って周くんに見せびらかさなくてはいけないのです」

「お、おう」

「といっても、これもっと暑くならないと着られませんけどね。夏までお預けですね」

楽しみにしていてください、とはにかんで会計を済ませる真昼に、周は唇を閉じてその場に座り込みたくなるのを堪《こら》えるのに必死だった。

(めちゃくちゃ可愛い事言ってるな、くそ)

まるで自分のために着てくれる、と言われているようで、非常に心臓に悪い。

会計している店員と視線が合えばにこにこと実に愛想のよい表情を向けられたので、周は唇を噛《か》んで視線を逸らすしかなかった。

ウインドウショッピング、正しく言えば実際に購入しているので普通のショッピングを楽しんだ周と真昼だが、周は一時的に真昼と分かれて一人になっていた。

というのも真昼が一人で買いたいものを買いに行くらしく、一人になるざるを得なかったと言えよう。

元々真昼の申し出によるお出かけだったし、女性には詮索《せんさく》されたくない買い物も幾つかあるとは思うので、あっさりと彼女を見送って待ち合わせ場所に指定されたショッピングモール内の噴水の辺りで柱に寄りかかっていた。

周は別に女性の買い物に付き合うのは母親で慣れていたし、連れ回されるのも待つのも慣れっこだ。そもそも一人で静かに待つ事自体嫌いではないので、苛立《いらだ》ちの欠片《かけら》もなくぼんやりとしていた。

真昼と離れてからは視線の量も減って少し気楽であるし、負担が膨大にかかっていた心臓を休ませるには丁度いい休憩時間である。

（……一々可愛いしスキンシップ多いし辛《つら》い）

今日は普段あまり見せない真昼のはしゃいだ姿は、あどけなさや純粋さが強く、普段抑圧されている一面が浮かんでいて、非常に愛らしかった。

彼女は自分の容姿がいかに優れているか自覚している筈《はず》なのだが、周が基本的に友人付き合いする上で見かけなんて大して気にしないスタンスだからか、自分の美貌《びぼう》に無頓着だった。

正確には周の前では気にしない、というべきか。

お陰で素の可愛らしさをこれでもかと見せられ、甘い匂いと柔らかい肢体を感じさせられて、いっぱいいっぱいだった。

これを役得だと受け入れられたら苦労しないのだが、周は喜んで享受する程羞恥心《しゅうちしん》の耐久力はない。罪悪感が勝ってしまう。

思い出すだけで羞恥に駆られてしまうのだが、流石に公共の場でのたうち回る訳にもいかないので唇を引き結んで静かに瞳を閉じる。

雑念が思考を掻《か》き乱《みだ》そうとするので追い出すようにゆるりと首を振った瞬間、側から「あのっ」と高めの声が聞こえてきた。

見知らぬ声にぱちりと目を開いて正面を向くと、女性二人がこちらをにこやかに見ていた。

恐らく大学生くらいの年齢だろう。少なくとも年上に見える。

ゴールデンウィークのお出かけ期間らしくおしゃれをした二人は、訝《いぶか》しむように瞳を細めている周を見て笑いかけた。

「お兄さん今一人？　暇してる？」

女性達の声を聞いて感じたのは、ある種の感心だった。

こうして俯《うつむ》きがちにして傍《そば》から見れば話しかけるなオーラが出ていただろうに、気さくに話しかけてくるバイタリティは目を瞠《みは》るものがある。惜しむらくはちょっと見る目がなさそうなところだろうか。

何で然程《さほど》容姿が整っている訳でもない自分にわざわざ話しかけているのか、という猜疑心《さいぎしん》がちらつきつつも無視は人としてどうかなと思ったので、一応穏やかな眼差しを向けておく。

「いえ、人を待っているので」

ここで真昼から預かった、本日の戦利品である女性向けブランドの紙袋に気付いてくれればよかったのだが、視界に入っていないらしい。シンプルなデザインなので気が付かなかった、という線もあるが。

「お誘いはありがたいですけど先約があるので」

「それならお友達も一緒にお茶でも」

どうやら待っている友人が同性だと判断したらしい。

これで真昼と交際関係にあるなら彼女を待っているので、の一言で一蹴出来るのだが、真昼と交際している訳でもなく、そして当人がこの場に居ないので彼女と言い張って実際合流した時に真昼が急に話を合わせられるかが分からない。

それに、以前諸事情で酔っ払った相手から離れるために建前《たてまえ》で使ったところ、真昼がやめてほしいと言っていたので、方便として使うのも躊躇《ためら》うのだ。

このままだと真昼と合流するまで話しかけられそうでどうしたものかと僅《わず》かに眉《まゆ》を寄せて女性を見ていると——視界の端に、見慣れた亜麻《あま》色の髪が見えた。

「お待たせしてすみません」

数秒すれば、ふわりと垂らした横髪を揺らして、軽やかな動作で駆け寄ってくる救い主（天使様）が現れる。

恐らく周が困っているのを見て急いできてくれたらしい。歩いてきたというにはやや呼吸のペースが早かった。

表情を固めて女性達の会話の波を乗り切ろうとしていた周に、真昼は淡く微笑んで周の胸に飛び込んだ。

何とか顔には出さなかったが盛大にビビった周に、真昼は背後の女性達には見えないように角度を調整しながら周を見上げている。視線から「何してるんですか」といった呆《あき》れとほんのりとした不満げなものを感じて、これは周が撤退するための演技だというのを理解した。

（……ビビるからこれはやめてほしい）

相手を傷付けないように遠ざけようとして結果煮えきらない態度で近寄らせてしまった周が悪いのだが、それでもこれは心臓に悪い。

しかし救いの手を差し伸べてくれたのは確かなので、文句はとても言えず、周は真昼の演技に乗っかるように優しく真昼の背中に手を添える。いかにも親密で特別な関係だと見せるように。

「気にしないでくれ。優しいお姉さん方が相手してくれていたお陰で暇を持て余す事はなかったから」

「そうなのですか？　わざわざすみません」

半身で振り返ってにこやかな笑顔を向ける真昼に、女性達は呆然《ぼうぜん》としていた。誘おうとしていた男に彼女らしき少女が抱きついたのだ。それも、とんでもなく可愛らしい少女が。

真昼は、女性達が何故固まっているのか気付いているであろうに、何も気付かないように善意いっぱいの眼差しと笑みをたたえている。あくまで「彼の世間話に付き合ってくれてありがとう」というものしか感じられない、本当に純粋な笑みに周は舌を巻いた。

嫌味の欠片《かけら》も見当たらない清純そのものの笑顔を向けられた女性達が身じろぎもせずにこちらを見てくるので、周はなるべく穏やかな表情と目つきを心がけて微笑みを向ける。

「すみません、伝えていた通り先約がありますので」

拒む際に言っていて良かった、と心の底から思いつつ真昼の背を叩くと、あどけない笑顔を浮かべていた真昼が上機嫌そうに周の腕に自らの腕を絡《から》める。

密着するので当然豊かな実りの感触もしっかりと伝わってくるのだが、ここで狼狽《うろた》えてはわざわざ演技してもらっている真昼に申し訳ないので平静を装って彼女達に会釈する。

真昼もそれにならうように会釈して、真昼が促すままに彼女達に背を向けた。

角を曲がって姿が見えなくなった事を確認して真昼を見れば、真昼はいかにもよそ行きの笑顔を消していた。

「何やってるんですか」

急に淡々とした物言いでこちらを見上げてくる真昼のあまりの変わり身の早さについ笑ってしまう。

体勢こそくっついたままであるが、表情は呆れと微妙に不愉快そうなものだ。上機嫌そうだったのも演技らしく、むしろ不機嫌そうな色が瞳にちらついていた。

「助かった」

「目を離したらすぐ……いえ、私が一時的に離れたのですけども。まったく」

こんな事になるなら離れなければよかった、とこぼしている真昼に申し訳なさを覚えつつ、ちらりと密着している部分に視線を落とす。

本人が意識していないのがちょっぴり憎い。周だけが密着に動揺していた。

「周くんって割と見知らぬ人を強く拒めませんよね」

真昼は周の内心の靄《もや》に気付いた様子はなく、呆れた様子だった。

「拒めないっつーかああいうタイプ苦手っつーか。女性だから手荒な真似《まね》は出来ないし強い言葉を言って泣かせでもしたら困るから」

「そこのところ本当に周くんは紳士的というかへたれというか」

「うるさいな、ああいうの初めてだから仕方ないだろ。まさか声かけてくるとは思わなかったんだ」

まさか暇そうにしていた人間がそれなりに居たのに自分に声をかけてくるとは思うまい。

「アグレッシブな女子ってすごいな。俺みたいな陰キャにも寄ってくるんだぞ」

「……今の姿は別に陰キャとやらでは……どちらかといえば爽《さわ》やか好青年といった風ですよ」

「俺に似つかわしくない褒め言葉だな」

「まあ中身が中身ですからね」

「言ってくれるなあ」

仮に外見が多少陽寄りになっていようが中身は陰寄りなのは間違いないし、真昼の言葉は間違っていないのでつい笑ってしまう。

こういった明《あ》け透《す》けな物言いも真昼の良いところであり惹《ひ》かれる部分であるので、好ましく思っていた。嘘《うそ》を言われるよりも余程気持ちいい。

決して貶《けな》すつもりはないと分かっているので穏やかな気持ちで受け取ったのだが、真昼は何故《なぜ》かため息をついた。

「あのですね、ご自覚がないようですから言いますけど、あなたは、明るくて爽やかというよりは物静かで落ち着いた感じが強いですよ。陰キャとやらの表現で例えるべきではありません。一緒に居て落ち着くというか、安心します。喋《しゃべ》らなくても側に居て心地良いというのはすごい事だと思いますよ」

「……そうかよ」

褒められて羞恥が滲《にじ》む。

そのせいで適当な返事になってしまった事が分かってるのか、真昼はむぎゅむぎゅと腕を軽く締め付けて不満を訴えてくる。これで自分の武器を気にしていないのだから末恐ろしい。

「あなたは私と居てどうですか」

「……家だと落ち着く」

「今は？」

「……落ち着かないよ。どこかの誰かさんが胸当ててくるし」

「へっ」

完全に予想外且《か》つ意識外だったらしく、真昼は固まって自分の胸元に視線を落とす。

それから、ぽふんと湯気を立てる勢いで顔を赤くした。

「わざとだと思ってた」

散々悶々《もんもん》とさせられたのでこれくらいの意地悪はいいだろう、といたずらっぽく言って見せればほんのりと涙を孕《はら》んだ瞳で睨《にら》み上げられる。

ちっとも迫力がないのは、照れ隠しだと分かっているせいだろう。

「なっ、ば、ばか、そんなの！」

「知ってるよ。冗談だよ、ごめんな」

あまりからかいすぎても拗ねるのは分かっているので、あっさり謝っておくと爆発間際《ばくはつまぎわ》で鎮火された真昼が物言いたげに唇を小さく動かしている。

しかし何か言う事はなく、八つ当たり気味に脇腹《わきばら》を一度ぽこりと殴る程度で妥協してくれた。

そんな真昼に笑いつつ今度は体を触れ合わせる事ないように、改めて手を握る。

「あんまりくっつくなよ」

「……手は繋《つな》いだままでいいのですか」

「はぐれるからな」

ゴールデンウィーク中の人混みで手を離して歩いてはぐれてはおでかけの意味がないだろう。

「……はぐれたらどうしますか？」

「普通にスマホで連絡取って場所を決めて落ち合う」

「現実的ですね」

「そりゃな。まあ、離さないようにする」

離して一人でウロウロさせたら真昼の方がナンパされる確率が高い、というか十中八九されるので、一人にする真似《まね》はするつもりがない。

折角《せっかく》真昼が望んでくれたおでかけだ、興味のない人間に煩《わずら》わされるより気持ちよく一日を過ごしたいだろう。それに、周も真昼が男に言い寄られているのは、よくある事だと分かっていてもちょっとばかり面白くない。

周の言葉に真昼はマジマジと周の瞳を見つめ、それから視線を繋いだ手に落とす。

それから、花が緩やかに開くように口もとを柔らかくたわませた。

「……はい。離さないでください」

小さく囁《ささや》いて指を絡めてくる真昼に、周は動揺を悟られないようにしながら応《こた》えるように同じ仕草を返した。


「……ここがゲームセンター……」

服屋や雑貨屋を見回って目ぼしいものを購入した後、周は真昼を伴っていつものゲームセンターに寄っていた。

ゲームセンターは彼女たっての希望である。クレーンゲームで景品を取っても荷物にならないように最後にしたが、もうあとは帰るだけなので時間も余裕があり、最後にして正解だった。

千歳《ちとせ》にも連れてこられた事がないらしく、辺りをキョロキョロと見回している姿はなんとも可愛らしく感じた。

「なんだか色んな装置がたくさんありますね」

「そうだな。クレーンゲームだけじゃなくてアーケードゲームや直接体を動かすようなゲームもあるし。ここは結構色々あるぞ」

「そうなんですね。あと、すごく音が大きいです」

「あーゲーセンは大体そうだな」

真昼がやや眉を寄せているが、慣れない人間にはこのゲームセンター独特の雑多な音が耳障りになってしまうだろう。周はもう慣れているので平気なのだが。

スロットやアーケードゲームの側は更にうるさいので、その辺りは避けつつ真昼を伴ってゆっくりと歩く。

「で、何するんだ？」

「私もクレーンゲームしてみたいです。ぬいぐるみとか取ってみたいです」

お目当てはクレーンゲームらしく、周が連れていったクレーンゲームコーナーを見て興奮したようにそわそわと手を握ったり緩めたりしている。

ゴールデンウィークとの事で入荷数も多め、ファミリー向けに可愛らしいぬいぐるみも多く仕入れられているので、真昼が好きそうなぬいぐるみもたくさんあった。

「……周くん、あれ取りたいです」

「ん、どれだ？」

「あれです。あの猫の……シルクちゃんに似てませんか？」

真昼が指差したのは白い体毛に顔の付近が焦《こ》げ茶《ちゃ》の毛並みの猫だ。青い瞳の感じは確かに猫カフェで出会ったシルクに似ているだろう。

真昼に最初挨拶したシルクそっくりで、真昼も気になるようだ。

「確かに似てるな。取りたいのか？」

「取りたいです。チャレンジしてもいいですか？」

「ん。このゲーセン取りやすいとは思うけど、取れなかったら俺が取るし」

「手を煩わせないように頑張ります」

気合い十分でクレーンゲームに挑み出す真昼を、周はひとまず見守る事にした。

周が手を出すと簡単に取れてしまうのだが、これは真昼が取りたがっているし本人の自主性とチャレンジ精神を優先した方がいいだろう。

硬貨を入れて最初の横に移動するボタンをおそるおそる一瞬触って、様子見している。慎重な真昼らしく、どのくらい押していたら移動するのか確認しようとしていたのだろう。

ただ、このタイプのクレーンゲームは一度離してしまうと縦移動に切り替わってしまうのだが。

「あっ、あれ、動きません」

「すまん、言い忘れてたが一度離すと縦移動になるからチャンスは一度きりなんだ」

「えっ、じゃあこれ……」

「何があってもぬいぐるみまで届かんな」

今のぬいぐるみの位置は空いたスペースの中央。

対して今のアームの位置は落とすスペースから僅かに移動しただけで、残すは縦移動のみ。

どうあがいてもぬいぐるみに掠《かす》める事も出来ないだろう。

全方向に動くレバーを使ってキャッチするものなら時間制限タイプもあるのだが、こちらはボタン式なのでもう後戻り出来ないのだ。初めてクレーンゲームをした人間がよく通る道なので、致し方ないものがある。

「まあ百円無駄になってしまったが、まだ縦移動があるからそれで移動速度とかボタンを離した時のラグを感じて次に活《い》かそうか」

「むむ……そうします。不注意な私が悪かったです」

そう言って大真面目《まじめ》にアームを動かして、スピードを確認している。

流石に今回のはこちらの注意が足りなかったのでそっとコインを入れると真昼に不服げに見られたが、周が「いいから」と背中をぽんと叩いて促せば渋々クレーンゲームに戻っていた。

一応移動速度は把握したのか、今度は横のラインはぬいぐるみの位置に合わせる事が出来ていた。

多少中心からずれているものの、縦軸の場所次第では取れなくはない。全部中央で捉《とら》えずとも重心やアームの力のかかり方、力が抜けるタイミングを考慮すれば落とせる。

初心者なのに割とうまく捉えてるなあ、と感心しつつ真昼を見守る。

縦軸は慎重に移動させてなんとかぬいぐるみの上にアームを移動させて持ち上げようとしていた。

狙《ねら》いはよかったが、微妙に縦長の製品なのでアームが強かろうとすぐに重心が移動して落ちてしまう。

「むむ」

「惜しいな。これはそのものを持ち上げるよりアームの片側で動かしたり重心を利用して転がした方が取りやすいよ」

幸い落とすスペースの仕切りはそう高さがある訳ではないので、転がして行けば落ちるだろう。

真昼の瞳がぱちりと瞬いて、それから素直に言われた通りに実行し出す。

真昼のいいところは、ムキになったり頑《かたく》なになったりせずに素直にアドバイスを受けるところだろう。

アームの位置とぬいぐるみの重心を考えて「ここはこうして……頭で転がして……」と試行錯誤を重ねている。

ガラスに映る表情は真剣そのもので、真昼にばれないように小さく笑う。

数回の硬貨を投入してしばらくすれば、真昼がぬいぐるみをアームで落とすスペースに転がした。

あ、という小さな呟きと同時に、取り出し口にぽてんとぬいぐるみが落ちる。

一瞬の沈黙の後、真昼は少し呆けたように周を見上げた。

「……落ちました」

「ん、お疲れ様。……ほら、お前が頑張った証《あかし》」

悪戦苦闘して手に入れたぬいぐるみを取り出して真昼に差し出せば、ようやく取った事実を実感してきたらしく、みるみるうちに端整な美貌が歓喜を滲ませていく。

「と、取れました。取れました周くん」

「やったたな。初めてだろうけど上手《うま》かったぞ」

えらいな、と頭を撫でるとくすぐったそうに瞳を細めて受け取ったシルクに似たぬいぐるみを抱き締める。

自分で取った事に喜びもひとしおのようで、ぬいぐるみに頬を擦り寄せて満足そうに微笑んでいた。

あどけない笑みでぎゅうっと抱き締められているぬいぐるみが少し羨《うらや》ましいと思ってしまった辺り、最近自制が効いていない気がする。

真昼はご満悦の表情でぬいぐるみを抱えていたものの、ふと周の方を見ておずおずとぬいぐるみを向ける。

「……その、これ、受け取ってくれますか？」

「え、俺？」

「前にもらいましたし、その、何だかシルクちゃん気に入ってたから……」

それは猫が好きというのもあったが、特に真昼に似ていて可愛かったから、とは言えずに頬をかいて頷く。

「……お、男の人だから、やっぱりぬいぐるみは要らないですか……?」

「いや、そうじゃなくてさ。真昼があんなに頑張って取ったのに、俺がもらっていいのかと」

「周くんのために頑張ったというか、いえそんな押し付けがましい事言いたい訳ではなくてっ、周くんがシルクちゃんみたいで気に入るかなって思ったから……」

要らないなら私の部屋に飾りますけど、とちょっとだけしょげたように肩を落として不安げに見上げられて、断れる訳がない。

「じゃあ、もらって部屋に飾るわ。流石《さすが》に真昼みたいに枕元《まくらもと》には置かないというか置けないけど」

「そ、それは忘れてほしいというか……」

「大切にするよ」

真昼から丁重にぬいぐるみを受け取って、側にあったプライズ持ち帰り用の袋を一枚取って、中に入れる。

途端に嬉しそうに微笑んだ真昼に、周がもう一度手を伸ばそうとして――。

「あれ、椎名《しいな》さん?」

横から声をかけられて、固まる。

真昼も同じように固まって、揃ってぎこちなく声の方向を向くと、最近見慣れてきたあどけなさと凛々《りり》しさを合わせたような、端整な顔立ちの青年……優太《ゆうた》が、立っていた。

「門脇《かどわき》さん」

優太の姿に、真昼がすぐに学校で見せるような天使の笑顔を浮かべる。

ただ、いつもよりややぎこちなく感じるのは、内心かなり動揺しているからだろう。

ゴールデンウィークなので同級生と出会う可能性は大いにあるとは認識していたものの、まさか最近話すようになった相手が現れるのは思ってもみなかった。

「椎名さんがゲームセンターに居るって意外というか……ええと、もしかして邪魔した？」

周の姿を見て困ったように眉尻《まゆじり》を下げる。まだ周だとは認識されていないようだが、喋《しゃべ》れば確実にばれる。それに、優太は割と人をよく見ているので、気付かれないとも限らない。

「いえ、そんな事は……」

「椎名さんに恋人居たって初耳だよ」

「恋人とかそんな関係ではないです」

きっぱりと否定した真昼に、微妙に胸が痛くなったものの、事実付き合っていないのだから当然否定するだろう。むしろそこではいそうですと言われる方がおかしいのだから、期待しても無駄だ。

「い、いやどう見ても……ん？」

真昼の頑《かたく》なな態度に困惑しつつ更に追及しようとして、優太はふとこちらを見る。

視線が合って、周の頬がひきつった。

訝《いぶか》るように周をじっと見つめてくる優太。周としては、非常にまずい状況だった。

「……藤宮《ふじみや》？」

案の定、こっちが誰かを見抜いてきた。

まだあまり長い期間接していないが、それでも優太には洞察力があるのは分かっている。幾ら周が髪を整えて普段と違った格好をしていようと、親しくなり始めた今はもう誤魔化せない範囲らしい。

そう親しくない人間はそもそも周の顔なんてわざわざ注視しようとしないし雰囲気から違いそうなのでこの顔と結び付かないだろうが、優太にはそうはいかなかったようだ。

「え、藤宮……だよな？　背丈とか顔立ちとか、よく見れば……。もしかして、椎名さん藤宮と前々から知り合ってて学校で接触するようになったのか？」

「いえ、その……」

真昼が言いよどんだのを見て確信に至ったらしい優太が周と真昼を見比べて、やや呆気《あっけ》に取られたような表情を浮かべる。

以前なら接点がないので否定出来たのだが、今はそうはいかない。

はあ、とため息をついて額を押さえた周は、物珍しそうというか困惑が強そうな顔を浮かべている優太を見る。

「……よく分かったよな、俺って」

「やっぱりか。いや、なんとなく藤宮かなって」

「そんな分かりやすかったか？」

「いや、多分クラスの人間でもそうそうにはバレないと思う。藤宮、あんまりそういう顔しないし」

そういう顔とはどういう顔なのか分からなかったが、とりあえず例の男と周が顔面理由にイコールで結びつけられる事はなさそうなので安心した。

「というか、椎名さんと藤宮が二人で会ってるのが意外すぎる」

「……隠しても無駄そうだから言うけど、門脇が言う通り、確かに俺達は二年になる前から知り合っていた。まあ仲がいいのも認める。けど、別に門脇が思ってるような関係じゃないよ」

「……そうか？」

「そうだ」

真昼もきっぱり否定していたので、自分で言うのも悲しくなってくるがきっちり否定しておく。

ここで誤解されたままだと真昼が困るだろうし、優太だからそう心配していないが邪推されて外に洩《も》らされても困る。口止めもしないといけないだろう。

毅然《きぜん》とした態度を取れば、真昼がこちらの服の裾《すそ》を摑んで見上げてくる。何か言いたげだったが、口を開こうとはしないのでとりあえずそっとしておく。

優太は周と真昼の様子を見て納得しているのか納得していないのか、小さく肩を竦《すく》めた。

「ふーん……。まあそれはいいんだけど、樹が言ってた通りというか」

「なにがだよ」

樹が何か口を滑らせていたのか、と自然と瞳が細まったが、優太は「心配してるような事じゃないよ」と笑う。

「いや、ちゃんとお洒落《しゃれ》すればカッコいいって。しっかり決めてるなあと」

「門脇に言われると嫌みに聞こえるぞ」

学年一、下手すれば学校一の色男に褒められても苦笑するしかない。

優太は何をせずともカッコよく素がイケメンのタイプなので、周のような格好をつけてようやく人並みより少し上くらいの男からしてみれば羨ましいものだ。妬《ねた》むとまではいかないが、ああ生まれる事が出来たならもう少し人生が輝いていそうだな、とは思う。

「そういうつもりじゃないよ。ただ、普段からそうしていればいいのにって」

「やだよ、毎朝セットするの面倒臭い。あといきなりこの格好で学校行ったら目立つし」

「まあそれもそうだけどさあ……椎名さんは藤宮がこういう風になるって知ってたんだ」

「それは、その、はい」

居心地悪そうに頷いた真昼を、優太はじっと見つめる。

疑うとか値踏みするとかそういった類いの視線ではなく、何かを見定めるように真昼を視界に捉えている、というのが近いだろうか。

「うんうん、何となく分かってきた」

「何がだよ」

「椎名さんも苦労するなあ、と」

その一言に真昼がびくりと体を震わせたものの、優太は「椎名さんって案外分かりやすいね」と小さく笑った。

浮かんでいるのは淡い笑み。ほんのりと生温かく、そしてどこか寂《さび》しげにも取れる羨望《せんぼう》の表情でもあった。

「あの、門脇さん」

「うん？」

「その……この事は、他の人に言わないでほしいです。な、仲がいいとか……色々」

言われては困ると口止めに入った真昼に、優太はあっさりと頷いた。

「ああ、その事については心配しなくてもいいよ。隠してる理由はなんとなく察するというか俺も気持ちは分かるから。それに、言い触らされたら嫌な事を言い触らして楽しむ趣味はないし」

これほど優太が人格者だった事に感謝した事はないだろう。

それと、優太は若干身につまされるところがあったのかもしれない。彼は非常に女性人気が高いゆえに同性から嫉妬《しっと》を向けられる事もあるし、反対に仲の良い異性が出来たらその子に危害を加えられる、という事を言っていたので、もしかしたら経験からの愚痴だったのかもしれない。

たとえ交際関係になくとも、周のような地味なタイプが表向き誰にでも分け隔てなく優しい天使様と友人だと言われれば、反感はあるだろう。

そういった事を考えて口を閉ざしてくれる優太には感謝しかない。

「すまん門脇」

「いやまあ普通の事だと思うけどね。つまんない事で藤宮と縁切れるのは嫌だし。折角仲良くなれたんだからさ」

にっ、と爽やかな笑顔を浮かべた優太に、そりゃこれはモテるよなあ、としみじみと納得してしまった。

男からでも気取らず気さくでいいやつなのだから、女子からしてみれば当然魅力的に映るだろう。顔面だけでなくて中身まで兼ね備えているのだから、男子としてはちょっとやっていられないが。

「ああそうだ藤宮」

「ん？」

「また明後日な」

微妙に含みのある声で告げられた日時は、樹と優太の三人でカラオケに行く日だ。

つまり、そこで事情をもう少し聞かせろよ、という事だろう。

視線が合えばにまっとからかうような笑みを浮かべられた。これは彼なりの信頼に基づくものだろうから、周は微妙に居たたまれなさを覚えつつも「おう」と返す。

そんな周と優太を、真昼はほんのり羨ましそうに見守っていた。


「何かごめんな」

門脇と別れて帰路についた周は、最寄り駅から自宅への帰り道で真昼に小さな声で謝る。

他にもゲームセンターで小さなおもちゃを取ってご満悦そうにしていた真昼は、突然の謝罪にぱちりとカラメルの瞳を大きく瞬かせた。

「急にどうしたのですか」

「いや……門脇にバレた事」

「あれは不可抗力でしょう。それに、結果オーライだったと思いますよ。一応ご理解いただけたみたいですし……」

そう言われればそうなのだが、それでも付き合っているのではないか、という疑いを向けられたのは煩わしかったのではないだろうか。

　幸いにして優太は納得したのか比較的あっさりと引き下がってくれはしたものの、真昼が強く否定していた事がやはり胸に引っかかってしまう。

「それに、絶対バレないって思って出掛けていた訳ではないですよ。こういう事態も考慮してましたし、門脇さん相手でよかったなって思ってます」

「そうだな。門脇は何だかんだよく理解してくれたし気遣い見せてくれたからな。ほんと、いいやつだ」

　バレたのが彼でよかった。

　後で追及されるのは覚悟しているが、学校で優太に隠し続ける罪悪感がなくなるのだと思えばむしろ露見して正解だったのかもしれない。

　彼には真昼への周の想《おも》いまでもバレたような気はするものの、真昼本人に伝わらなければ問題ないだろう。

　カラオケで多少からかわれはするかもしれないが、優太と樹はその辺りわきまえているのでひどくからかわれたりはしない筈だ。

「……周くんって、かなり門脇さんへの評価高いですよね」

「ん？　ああ、まあな。話す機会とか増えてきて、やっぱあいついいやつでモテるのも頷けるよなあって。顔も中身もイケメンってすげえや」

「信頼してるんですね」

「信頼っつーか……いいやつだと思うぞ」

周は自覚しているが、割と付き合う相手を選ぶタイプだ。

人柄が好ましくなければ近寄ろうとは思わないし、接近を許さない。

優太はいいやつだと何となく本能で感じていたからこそこうしてバレてもそう焦《あせ》りはなかったし、正解だった。

「じゃあ、類は友を呼ぶって事ですよ」

「俺のどこが類なのか分からんが……」

「また周くんは卑下《ひげ》する……門脇さんは、周くんの人柄を好きになったから仲良くなろうとしたのでしょう？　周くんが門脇さんへ思った事と同じじゃないですか。周くんが信頼してもいいと思う門脇さんが周くんの事を認めてるのですから、周くんも自信を持つべきです」

きっぱりと言い切って周の頬をべしべしと指先で軽く小突く真昼に、周はそっと苦笑する。

やはり真昼には敵《かな》わないというか、自己否定した側からきっちり肯定する彼女の存在が、ありがたかった。

ちゃんと自信を持ちなさいとお説教モードに入ってる真昼に肩を震わせて小さく笑い、周は真昼に感謝した。

「真昼は、俺の事いつも褒めてくれるよなあ」

「正当な称賛です。周くんが自己否定ばかりしてるのが悪いです」

「癖《くせ》でなあ」

「何でそんな癖がついてるんですか、もう」

呆れたように真昼が呟く。

何故、と言われると、答えに困る。いや、どうして、というのは分かっているのだ。

単純な話、転ぶのが怖いからだろう。

人は学習する。良い事も、悪い事も。

転びたくないから、期待したくないから、掌を返されたくないから、自分の身を守るために、こうして自分を否定してしまうのだ。

ただそれをどう真昼に言っていいのか分からずに言いあぐねていると、真昼は透き通る眼差しで周を見つめてきた。全《すべ》てを見透かしてしまいそうな瞳に居心地の悪さを感じた瞬間には、真昼が視線を逸らして、周の二の腕にもたれるように身を寄せた。

「言いたくないなら言わないでいいですけど、私はあなたを肯定する事だけは覚えてくださいね。卑屈なのはよくないですよ」

「……うん」

「いざとなったら周くんがもうやめてくださいって言うくらいに褒めちぎります」

「わあ怖い。というかそれはほんとにやめてほしいというか、いたたまれないやつだぞ」

「じゃあもっと自信を持ってください」

淡く笑って繋いだ手の力を強めた真昼にじんわりと胸が熱くなるのを感じつつ、ただこの心地よさを崩したくなくて、手離したくなくて、小さく「ありがとう」とだけ返して、帰り道を歩く。

手を離したくないと思っても家に着いてしまえば離さざるを得なくなるので、わざとゆっくりとした歩みにしてしまう周に、真昼は何も言わずに同じ速度で歩いてくれた。

第10話　事情聴取

「さて、一昨日《おととい》の事についてちょっと聞かせてもらいたいかな」

真昼《まひる》とのお出かけから二日。

樹《いつき》と優太《ゆうた》の三人でカラオケに行く約束の日、集まって予約していた部屋に入って早々に優太の笑顔が向けられた。

優太からの追及は覚悟していたのだが、やはり改まって聞かれると気まずさが大きい。

ちなみに樹は優太から聞いていたらしく「あーあ、ばれてら」といった顔を浮かべていた。

ただし、愉快そうな表情も隠していない。

セルフサービスでついできたメロンソーダを一旦《いったん》口にして喉《のど》を潤してから、仕方なく口を開く。

「……別に大した関係じゃないよ。樹と千歳《ちとせ》は不測の事態で知っていたが、俺《おれ》と真昼は隣に住んでる。これは本当に偶然だ。そこでまあちょっとした事がきっかけで仲良くなったっつーか」

千歳のせいで最早名前呼びを隠しても無駄そうなのでいつものように名前を出しつつ、説明する。

「仲良くなって二人きりで出掛けたと」

「まあ」

客観的に見れば、単なる知り合いにはまず収まらないだろう。よくて友人、下手をすれば恋人にも見える。

周《あまね》としては、真昼の名誉のためにもきっちり否定しておきたい。

「門脇《かどわき》が思ってるような仲じゃないよ」

「藤宮《ふじみや》が言うようなものでもない気がするんだけど」

「あのなあ」

「仲良くどころじゃ済まないんだけどな、周達の状態。椎名《しいな》さんに毎日ご飯作りに来てもらってるのにな」

「え？」

爆弾を落としてくれた樹に頬《ほお》をひきつらせ、樹を睨《にら》む。

「樹」

「その内バレるだろうし早めに言っておいた方がいいだろ」

そう言われればそうなのかもしれないが、いきなり真昼の手料理を毎日食べているなんて情報を与えたら、まず勘違いするに決まっている。

「……通い妻？」

「違う。一人暮らしだから食費折半で二人分作った方が都合がいいだけだ」

「だ、そうだ」

「説得力ない……」

「門脇まで……」

決して、真昼と恋仲ではないのだが、優太が呆《あき》れたようにこちらを見てくるので微妙に自信がなくなってくる。いや、元から自分にそう自信はないのだが。

「普通、女の子はよく思っていない相手の側に行こうとしないし、安心出来る相手じゃないと男の部屋には入らないよ。女の子から襲おうとするならともかく」

何だか微妙に経験が混じったような付け足しだったので優太の女性に対する苦手意識がどれだけのものか気になったが、言っている事は間違ってもいないので否定しきれなかった。

女子、特に真昼は警戒心が高いので、男性に自ら近寄る事はない。周が結果論ではあるが近付けたのも奇跡に近い。ある意味で特別扱いされているのも自覚がある。

ただ、異性として好かれている、なんて思えるほど、周は自分に魅力があるとは思えない。あまりに真昼が近くて純粋に信頼を寄せてくるのも、男として見なされていないからではないか、と思う時すらある。

「……藤宮って変に自信ないし意固地な時あるよな」

「それな」

樹と優太が揃《そろ》って呆れた眼差《まなざ》しを向けてくるので、非常に居心地が悪かった。

「で、結局藤宮って椎名さんの事好きなのか」

ごまかすようにメロンソーダを口に流したのを見計らって優太がとんでもない一言で刺してきたので、周は危うく吹き出しかけた。

「……何だよ急に」

「いや、警戒心の高そうな藤宮が一緒に居るんだから、多少なり好意はあるよなあと。というか、視線とか雰囲気が好きって物語ってる気がする」

「……好きじゃ悪いのかよ」

優太は本当に人をよく見ている、と苦々しく思いながらも素直に頷《うなず》けば、何故《なぜ》か苦笑いを向けられた。

「いや、悪くはないけど……うーん、大変そうだなあ色々」

「別に真昼と付き合えるとか思ってない」

「うんうん分かってなさそうなところがまたね。樹も見守ってきたんだなあ」

「まあなあ。背中蹴《け》りたくなる」

「分かる」

「分かり合うなよそこで……」

背中蹴りたくなるというのに同意をする優太がよく分からなかった。

「いやだってなあ、焦《じ》れったい。もっと押してほしい」

「無理言うなよ」

「いやいや、椎名さんはお前に気を許してるんだ。押せば陥落《かんらく》する」

「真昼は確かに俺をある程度好ましく思ってくれてるだろうけどさ。……そういうのじゃないかもしれないだろ」

樹はあっさりと言ってくれるが、そう簡単に行く訳がないだろう。

そもそも、真昼に親愛を向けられている事自体は、自覚している。どの男よりも大切に思われている、までは認めよう。

ただ、それが異性としての好意だとは思えない。

異性としての好意というよりは、全《すべ》てを知る相手として信頼しているというのが近いのではないだろうか。

「お前、あの眼差しを見てよくそんな事言えるよな」

「俺の本体のどこに魅力があるんだよ」

そう反論すれば、樹に思い切り背中を叩《たた》かれた。

「……いてえ」

「叩いたのは悪いと思ってるが、ほんっっっとに、お前って自分に自信ないというか。肝心なところで及《およ》び腰《ごし》っつーか逃げ腰になるよな」

「……そんな事言われてもな。癖《くせ》なんだから仕方ない」

「その癖は直すべきだろ。自己否定が強すぎる」

「それ真昼にもよく言われる」

「……椎名さん苦労してるな……」

「見てるオレらも苦労するぞ。こいつそういうところは頑固だし」

「うるせえな」

寄ってたかって言われるとこちらが悪いように思えてくる。

これればかりは性格なので仕方ないし、直そうとしてもそう簡単に直るものではないのだ。忌々《いまいま》しい思い出は易々《やすやす》と消える事はない。忘れようにも、まだ時はそう経《た》っていないのだから。

自分でも情けないくらいにはへたれていると分かりつつも、どうしようもなかった。

「まあ、オレは周がそれでいいって言うなら無理強《じ》いは出来ないけどさ。椎名さんが好きで交際したいならもっと押せよ」

「……俺にそれが出来るとでも？」

「へたれめ」

「うっせ」

「まあまあ。でも、藤宮はもう少し自信持ってもいいと思うよ。ほんと、学校でも一昨日の格好してたらモテるだろうに。練習でもしとく？」

「練習?」

「椎名さんの前で出来るし、俺の前に出ても平気だったんなら、親しい人間の前でならちょっとずつ出来るって事だろ。折角《せっかく》休日に遊んでるんだから、な?」

「……つまり?」

「なんとここにワックスがあります」

すっ、と鞄《かばん》の中から男の身だしなみセットが取り出される。

優太と目が合えば、とてもにこやかに微笑まれた。流石王子様といったお綺麗《きれい》なスマイルであったが、悪寒《おかん》がした。

「な?」

「いや遠慮して」

「まあまあ遠慮すんなよ」

「待て、そんな事よりカラオケしよう。ここはカラオケだし、な?」

「そうだなあ。じゃあ俺歌ってるから樹任せた」

「任された」

「冗談だろ……?」

恐る恐る問いかけても爽《さわ》やかな笑みを返されるだけ。

「まあ、嫌ならしなくてもいいけど……周の場合、そろそろ人目に慣れた方がいいから荒療治しよう」

「おいこら……うわっ」

樹が櫛《くし》とワックスを手ににんまり笑うので周は後ろに後ずさろうとしたが、カラオケルームに逃げるスペースなどある訳がない。

優太がにこにこしながら歌う準備をしているのを傍目《はため》に、周は樹の手によって髪を弄《いじ》られるのであった。


「……お帰りなさ、い……？」

家に帰ると、真昼が疑問系の声で出迎えてくれた。

本日は煮込みハンバーグとの事で、ソースからせっせと作っていたらしく周の家に先に来ていたようだ。

もうご飯は粗方《あらかた》出来ている、とメッセージが来ていたので家に居る事は知っていたのだが、改めて真昼の顔を見るとほっと落ち着く。

「ただいま……」

「……何でそんなくたびれて……？」

「……樹に散々弄《いじ》られた」

樹は例の男スタイルを見た事がないので樹がカッコいいと思う髪型にされたのだが、やはり見慣れない格好に戸惑った。

おまけにカラオケの後についでに周が持っていなさそうなタイプの服屋にも連れていかれあてでもないこうでもないと似合う服探しに発展していたのだ。

別に嫌という訳ではないのだが、二人に男性版着せ替え人形をさせられたのは中々に疲れる。

「は、はあ、大変でしたね」

「……あいつら俺をおもちゃにして……」

「お疲れ様です」

口で言うほど不満に思っていないのは見透かされているのか、くすりと小さな笑みと共に労《ねぎら》われる。

見抜かれている事に微妙に気恥ずかしさを覚えつつ、新しく買った服の入った袋を自室に放り投げて洗面所に行って手を洗う。

真昼は夕食をよそいにキッチンに戻っているので、周もしっかりと手洗いとうがいを済ませてからリビングに入れば、真昼が煮込みハンバーグを乗せた器をダイニングテーブルに置いていた。

流石になにもしないのは悪い気がしたので、いつものようにキッチンに向かい炊《た》いたご飯をよそう。

ハンバーグに合わせるのはご飯派な周としては、炊きたての何とも言えない甘いような香りに頬を緩《ゆる》めた。

「しっかしまあ、つっかれた……。つーか、樹達すげえなって改めて思った」

「何がですか？」

作ってあったサラダやポタージュも並べて席についてこぼせば、正面に座った真昼が首を傾《かし》げる。

「いや、三人で歩いてたら声かけられるのなんの。やっぱ普段からモテるやつは違うなあと。あしらい方も慣れてたし、経験が違う」

カラオケの後の買い物ツアーで、何やら女子大生くらいの年齢の女性に声をかけられる事が何度かあった。

まあタイプは違えど樹達はかなりの美形なので、女性の目に留まりやすいのだろう。いわゆる逆ナンというものをされていた。

といっても、当たり前ながら返事は全部お断りだったが。

樹には最愛の千歳が居るし、王子様は押しの強い女性が大の苦手らしく笑顔でかなり警戒していたので、すぐさまお断りの旨《むね》を伝えていたのだ。

その断る手法も彼女達の自尊心を傷付けないような柔らかい言い方と態度だったため、特に揉《も》める事なく切り抜けているので、流石の一言である。周一人の場合対処に困るので、慣れというのは偉大なものだと思った。

「……また周くんは声かけられたのですか？」

「かけられたけどおまけだろ」

どちらかと言えば周より二人の方目当てで、周はあくまでおまけ程度に見られていた。そもそも自覚はしているが愛想が悪いので、見知らぬ人間は話しかけにくいのもある。

お出かけの際はたまたま声をかけられたが、今回は飛び抜けたイケメン二人が居たので彼等を差し置いて声をかけられるという事はなかった。

肩を竦《すく》めて苦笑してみせたのだが、何故か真昼はむぅと唇に僅《わず》かながら山を作り上げていた。

「何だよ。自己評価低いって言いたいのか」

「それもありますけどそうじゃないです」

「どういう事だよ」

「……分からなくて結構です」

ぷい、とそっぽ向かれて先に「いただきます」と手を合わせた真昼に困惑しつつ、周も彼女に追うように手を合わせてご飯と真昼に感謝の意を口にした。


三人でカラオケに行った翌日。

真昼は普段通りに周の家を訪れていた。

最近では休日は周の家に居る事が多い。ゴールデンウィークが始まってからはほぼ毎日家に居た。日中居なくてもどうせ夕方には食事を作りにやってくるし、周としては好きな少女が側に居てくれるのは当然嬉《うれ》しいので真昼の好きにさせていた。

真昼は、隣でスマホと戯《たわむ》れている。別にスマホを弄るのは当たり前といえば当たり前なのだが、何だか熱心に画面を見ている。

かといって画面を覗《のぞ》き込むのはプライバシーの侵害であるし礼儀に欠けるので出来ないが、スマホは連絡か調べ物用としてしか見ていない真昼が夢中になって画面を見ているという事が不思議で仕方なかった。

「さっきから何見てるんだ」

聞くくらいは失礼に当たらないだろうと試しに聞いてみると、真昼は何故か体を揺らした。

それから、周の方を見て微妙に気まずそうに眉《まゆ》を下げる。

そんな態度を取られる理由がよく分からないので周としては疑問符を浮かべるのだが、真昼はそんな周から視線を逸《そ》らした。

この態度は、何か後ろめたいものがある時だろう。

「……何を隠してるんだ」

「か、隠しているというか……その、怒りませんか」

「怒るような事をしてるのか」

周は素の表情が微妙に不機嫌そうと言われたりするが、怒る事は滅多《めった》にしない、というか真昼相手に本気で怒る事はまずない。性格上真昼が周をキレさせる事なんてする筈《はず》がないし、あって精々呆《あき》れ混じりの苛立《いらだ》ちくらいなものだろう。

「……場合によっては怒るかもしれません」

「ふーん。とりあえず何か聞かせてくれるか」

「……その、志保子《しほこ》さんが……周くんの昔の写真を」

「なあ母さん馬鹿《ばか》なの？」

志保子には何故真昼に写真を送り付けているのか問《と》い質《ただ》したい。どんな流れで写真を送る事を決意したのか。

「こ、これには事情があってですね。志保子さんとやり取りしていて、たまたまこどもの日という話題になって……小さい周くんはさぞ可愛《かわい》いんだろうなあって言ったら……その、色々と……」

「待ってそれ確認させて。危ないもの送られてないよな？」

昔の写真となれば、周の記憶にないものも確実にある。記憶にあるものでも中にはあまり人には見せたくないような失敗シーンを収めた写真もあるので、本来なら真昼に送る前に本人が検閲《けんえつ》をするべきだろう。

何を送られたんだ、と視線を送ればまた真昼が目を逸らす。その反応から、周にとって都合が悪いものだと察してしまって、周はじいっと真昼を見つめる。

流石に無理矢理真昼の手からスマホを奪うのは紳士的ではないので、真昼が音を上げて白状するまで追及する事にした。

「真昼さんや、素直に俺に見せるのといつまでも俺に迫られるのどっちがいい？」

ソファに片膝《ひざ》をつき、真顔で真昼の後ろにあるソファの背もたれに手を付きつつ少し顔を寄せる。こうすれば逃げ場はないので、ゆっくり追い詰められるだろう。

真昼は逃げ場がなくなった事に顔を青くする……と思ったが、逆に顔を赤くして更に視線を右往左往させていた。相変わらず言う気はないのか、膝に載せていたクッションを抱き締めて小さく呻《うめ》いている。

余程のものなのか……と危機感を抱きつつ真昼の瞳《ひとみ》をじっと見つめるのだが、真昼から望ましい態度は見られない。それどころかクッションをこちらの顔に押し付けてこようとするので、何故そこまで抵抗するのか分からずクッションを掴《つか》んで放り投げた。

あまり強く掴んでいなかったのかあっさり周の手に渡ったクッションは、次の瞬間には床に無造作に転がる。

固まった真昼に「素直に口割ってくれ」と囁《ささや》きながら頬をつねろうとした瞬間、何を思ったのか真昼は勢いよくソファに転がった。

あまりに唐突で周も反応しきれず、そして背もたれについて支えにしていた手にぶつかるように真昼が転がったため、周もバランスを崩してそのままソファの上に転がる。

幸い、ギリギリで片手が真昼の顔の横にあるスペースにつけたので真昼を潰《つぶ》すような事は避けられたものの、思ったよりも真昼に密着していた。

お互いに、急な接近に固まる。

体こそ密着していないが、顔は吐息が絡《から》まるくらいに近い。見開かれたカラメル色の瞳を縁取る長い睫毛《まつげ》が僅《わず》かに震えているのすら見て取れた。

少し顔を近づければ鼻がくっついてしまいそうな距離に、漂う真昼特有の甘い香りに、どうしていいのか分からない。

硬直していた二人だったが、先に動いたのは真昼だった。

薄紅《うすべに》の唇をわななと震わせて、それからきゅっと固く瞳を閉じた。

衝撃に備えるような、不安げなような、そして、何かの訪れを待つような表情に、思わず視線が吸い寄せられる。

淡く色付いた頬と気取《けど》られまいとしているようなか細い吐息、甘くて柔らかそうな唇は、いとけなさと同時に色香を香らせる。矛盾した印象を両立させる真昼は、ただ静かに体を縮こまらせていた。

その庇護《ひご》欲と支配欲を唆《そそ》るような姿に、思わず手を伸ばして——頬を摘んだ。

「ふへっ」

「……変な顔」

小さく笑いを混じえて呟《つぶや》くと、ぱっと目を開いた真昼が一気に顔を染める。先程のような羞恥《しゅうち》というよりは、恥じらいと怒りが半々のようなものだ。

「押し倒した挙げ句女の子の顔に触れておいて言う事はそれですか」

若干涙目で睨《にら》まれて、周は小さく苦笑いを浮かべる。

「それは正直悪かった。お前が暴《あば》れるとは思ってなかった」

「あっ、暴れるとは失礼な。あれはその、周くんが迫ってくるから！」

「真昼が俺に内緒で母さんから写真もらってそれを隠蔽《いんぺい》しようとするから」

「うっ。……うーっ」

これを言ったら真昼は反論出来ないのは分かっているので、周は軽く笑みを浮かべて、真昼の上から退《ど》く。

寝転んだままの真昼の背中とソファの間に手を滑り込ませて起き上がらせると、真昼は口許をもごもごと蠢《うごめ》かせて奇妙な表情を作り上げていた。

「ところで、俺は自分の写真の検閲《けんえつ》は許されてないの？」

「……好きに見てください」

観念したのか微妙に拗《す》ねたような口調で志保子とやり取りしているチャットページの画像一覧を見せてくる真昼は、相変わらず顔は赤い。

それを指摘したら今度はこの家から飛び出して行きそうなので堪えつつ、周は真昼に見えない角度に顔を一度背《そむ》けた。

(……びっくりした)

真昼に気取られぬように平静を装ったが、心臓は今も爆音を立てそうな勢いで鼓動を刻んでいる。

あのまま茶化さなかったら、拒む気配のない真昼に自分が何をしようとしていたか。

自分でも分かっているからこそ、羞恥と罪悪感がない混ぜになっている。

(危うく最低の男になるところだった)

事故は事故だし、この事故に至るまでお互いに反省する所はあったように思う。しかし、そこから真昼に恋人でしかしないような触れ合い方をしていいかどうかは別だ。というかしてはならない。

勝手にキスなんてしたら、真昼が泣く。恋人でもないのだからする権利はないし、したら真昼はこちらから遠ざかるという確信がある。

相手の意思を無視して感情と欲求を押し付けるのは、ただの身勝手な人間であり、周はそういう人間にはなりたくない。

「……周くんは、確認したいって言ったのに見る気あるのですか」

明らかにさっきよりも不機嫌な声で呼びかけられて慌てて真昼の方を見れば、真昼はようやく赤みも多少和らいできた頬を軽く膨らませている。

「ごめん、考え事してた」

「ばか」

いつもより直接的に、且《か》つ可愛らしい響きと言葉で罵倒してくる真昼にこれは適当な返事をすると長引くな、と察して、周は急いでスマホに視線を落とす。

画像一覧には周の幼稚園や小学生時代の写真が並んでいた。大失敗を写した写真はパッと見なかったので安堵《あんど》したものの、今の周からは想像も出来ないような無邪気さを全方向に出した笑顔の写真があったので、非常に恥ずかしい。

別の意味で顔が赤くなりそうで、こみ上げてくる羞恥から気を逸らそうと真昼をちらりと見れば、不機嫌そうな表情はしてなかった。

代わりにどこか呆けたような、夢でも見ているのではないかという、ここではないどこかを見ているような眼差しで口許を押さえていて、周は何だか見てはいけないものの気がして慌ててスマホに視線を落とし直す。

先程と同じように心臓が高鳴った事から、心も目も逃げるように逸らして。

第11話　あなた以外に

「……そういえば、周《あまね》くんは母の日に何かするのですか？」

一緒にテレビを見ていて母の日特集と銘打った番組を見ていた真昼《まひる》が、思い出したかのように呟《つぶや》く。

基本的に真昼に親を連想させる事柄を近付けるのはあまりよくないと思ってさりげなくチャンネルを変えようとしていた周は、真昼が気にした様子がない事にほんのり安堵《あんど》しつつ頷《うなず》く。

「そりゃな。つっても、実家に小物とブーケを送るくらいだけど」

多少ウザいと思う事はあれど大切な母親であるし、勿論《もちろん》家族としては好きなので日頃《ひごろ》の感謝は伝えるべきだろう。しかしながら今は家から出ているので、直接言いに行ける訳ではない。

「まあ離れてるからこれくらいなもんだよ。側に居たんだったら、もう少しやりようはあったけど」

「家事の手伝いとか？」

「俺《おれ》がやると父さん母さんの仕事増やすけどな」

真昼のお陰で多少出来るようになっているし、一人暮らしを営むにあたってはそこまで支障ないレベルまで上がっているので、手伝い自体は可能だろう。

ただ、両親ほど出来る訳ではないので、結局やり直させる羽目になりそうだが。

「それはまあ」

「そこで肯定されるのは複雑だな……」

「……でも、周くんもちゃんと家事を不自由なく生きていける程度には出来るようになりましたよね？ そりゃあ、完璧《かんぺき》かと言われれば程遠いですけど」

「評価が辛辣《しんらつ》だな。いやその通りなんだけど」

「ふふ。周くんはまだまだですよ」

「ハイハイ真昼様には勝てませんよっと」

「もう」

家事の上手さは今の真昼に一生をかけても勝てる気がしない。

真昼は周の言い方に呆《あき》れたように笑ってぺちりと二の腕を叩《たた》くが、別に悪い気はしていないのかそれだけで不満を口にする事はなかった。

「よく志保子《しほこ》さんと修斗《しゅうと》さんは家事からきしだった周くんを一人暮らしさせましたね」

恐らく、何の気なしに、思った事を言ったのだろう。

別に言う事は言っていないし当たり前に思う事だ。以前の周は樹《いつき》から呆れと心配を受けるくらいにだらしなかったし、その実態を一番知っている真昼が疑問に思うのは当然の流れだ。

ズキンと痛んだ胸は気付かない振りをして、肩を竦《すく》める。

「本当は目を離したくなかったらしいぞ？　俺は本当に生活能力のない駄目人間だったからなあ」

「周くんもよく一人暮らしを決意しましたよね」

「ん。諸事情で地元に居たくなかったからな」

あまり深刻そうに言えば真昼は気にしそうだったのでさらりと、あくまで気負わないように告げると、真昼の動きが固まった。

カラメル色の瞳《ひとみ》にはすぐに後悔がチラつき始めるので、鋭敏なのも困りものだ。そういう顔をさせたかった訳ではないのに、人一倍傷に敏感な真昼は周が抱えているものの片鱗《へんりん》に気付いてしまったのだろう。

匂《にお》わせてしまった事に後悔しつつ、みるみる内に眉《まゆ》を下げていく真昼の頭を軽く撫《な》でた。

「ああ、気にしなくていいというか、そこまで気を遣われても困るというか。別に大層な事情がある訳じゃないぞ。単純に、地元にあまり顔を合わせたくないやつらが居るから、地元から出たって感じだし」

実際、そう深刻なものではない。ただ、信じていたものが土台から崩れた、それだけだ。

肉体的には何ら被害はないし彼らとももう関《かか》わりの切れた今、かつてついた傷が疼《うず》く程度で、普通に生活している。真昼が心配するほどでもないのだ。

　それなのに真昼は沈鬱《ちんうつ》な面持ちを崩さないので、周としてはどうしたものかと困り果てていた。

「本当に平気だぞ？　今でも苦しかったなら、地元に帰省するとか言わないから。俺にとっては過去なんだ」

「……嘘《うそ》つき」

「嘘つきって、あのなあ」

「全部飲み込んでいたら、そんな顔してません」

　そう言って周の頬《ほお》に手を伸ばした真昼は、僅《わず》かに震えていた。

　自分がどんな表情をしているのか、真昼の瞳は伏せられていて映りすらしない。ただ、真昼が言うからには、景気のいい顔はしていないだろう。

「……言いたくないならそれでいいのです。ただ、周くんが辛《つら》そうなのは、見ていて辛いです」

「そういう訳じゃなくて、大した話でも、面白《おもしろ》い話でもないんだぞ？」

　それでも気にするのか、と小さく問うと彼女は小さく頷いた。

　真昼の反応に、周は頬を掻《か》いてどうしたものかな、とそっと息をこぼす。

「ん……どこから話そうかな。まあ、何で地元を離れたかったか、って事からかな」

「……はい」

「友達と……正しく言えば、俺が一方的に友達だと思いこんでいた相手と、距離を取りたかったからだな」

別に大きなきっかけではない。人からしてみれば小さな事を気にしていると思われるかもしれない。

それでも、周にとってあの時の事は記憶に深く刻み込まれている。

「何というかだな、俺は環境に恵まれてるんだ」

唐突な話題の切り替えにほんのりと訝《いぶか》る真昼であるが、これも話に必要な事だと理解したのか静かに耳を傾けてくれている。

「俺を大切にしてくれる両親や祖父母に親戚が居て、金銭的にも裕福で、好きな事を学ばせてもらった。大切にされているし愛されてるのは自覚してるんだ」

特に両親は周の事を一人息子として大切にしてくれたし、周の個性と意思を尊重するように育ててくれた。

「ただ、当時の俺はすごく恵まれている事をあまり自覚していなかったし、割と人を疑わなかった。周囲を良い人に囲まれて、優しくされて育ったから、もっと素直な、言ってしまえば単純な子だったよ」

今でこそひねくれているが、その事件が起きるまでは、周は今からでは想像出来ないくらいに、素直で明るく、子供らしい子供だった。

「……その単純さは、さぞ騙《だま》しやすかったし利用しやすかったんだと思う」

だからこそ、付け込む隙《すき》も沢山あった。

「中学の半ばに新しく出来た友達……って言っていいのかは分からないが、新しく仲良くなった奴等《やつら》に、まあ有り体に言えばカモっていうか、金蔓《かねづる》として見られてたっつーか。家柄がいいと、便宜《べんぎ》を図ってもらいたくなるってのが人間だからな」

言っていて情けなくなるのだが、当時の周は非常に素直で単純だった。騙されやすいと言ってもいい。人の善性を信じて生活していたし、それまで身近に周を利用しようとする人間が居なかった事も、その思考に拍車をかけていた。

一気に表情を強張《こわば》らせた真昼をほぐすために「流石に俺もそこまで馬鹿《ばか》じゃないから金銭を渡した事はないんだけどな」と笑うのだが、ますます真昼は表情を険しくしていた。

「それで、まあ、陰で色々と言われていたところを目撃してしまったんだ。容姿とか性格とかもまあボロクソに言われてたな。利用してるだけで最初から嫌いだったし気持ち悪いって言ってたのを聞いて、ショック受けてしばらく塞《ふさ》ぎ込《こ》んだ訳だ」

容姿や性格の好みについては人それぞれなので嫌いなら嫌いと言えばよかったのに、周に利用価値があったからいい顔をして裏で罵倒していた、それが耐えられなかった。

今真昼にはマイルドに伝えたが、とても言えたものではない侮辱もされていたので、余計に堪《こた》えた。現在その罵倒をされようが流せるが、当時の素直で繊細だった自分には受け止めきれるものではなかった。

「勿論《もちろん》、そういう奴等ばっかりじゃないって分かってるし、俺の人柄を好きになって友達で居てくれる人も居るとは分かってたんだ。それでも、一度疑ってしまうと、怖くなった。信じられなくなった」

しばらくは部屋にこもったし泣きもした。

両親に励まされて何とか立ち直ったものの、やはり彼らと接するのは怖くて、避けて、避けて、避けて――。

「……だから、俺は地元を離れた。俺の事を知らない地で、改めてスタートを切るために。もう彼らに煩《わずら》わされないために」

一人暮らしが出来るのかは不安だったが、それより心の安寧を取った。

そのお陰で、昔のように人を簡単に信用せず、信頼出来る人か時間をかけて確かめてようやく友達が二人ほど出来る、内向的で猜疑《さいぎ》心《しん》の強い男に育った。よくも悪くも保守的になってしまった自分には周本人も苦笑してしまうのだが、これればかりはもう染《し》み付《つ》いてしまったので仕方ない。

話し終わった周に、真昼はふるりと体を震わせ拳《こぶし》を握っている。瞳に揺らめくのは紛《まぎ》れもない怒気で、温厚な真昼がここまで憤る事に困惑と、それから自分のために怒ってくれるという事そのものに言いしれない困惑と、ほのかな喜びを感じてしまう。

「……私がその場に居たら、その不届き者の頬を打ち抜いてましたよ」

「真昼の手が傷付くから駄目。……俺のために、想像の中だろうと手を汚さなくてもいいよ」

真昼が手を汚す価値があると言えば、否《いな》だ。

彼らにそんな価値はないし、周も彼らの事を既にどうでもいい存在と割り切っている。そもそも真昼を彼らの視界に映す事自体が勿体《もったい》ない。

真昼が白くなるほど握っている拳をやんわりと解いてやると、真昼からは怒りが少し抜けて、代わりにそれ以上の悲しみの色が染み込んでいく。

周の事で心を痛める程に真昼は心優しいのだが、もう過ぎた事なのでそんなに悲しまれても困るのだ。

「別に、真昼みたいに本当に辛いとかじゃないし、そんな悲しまなくても」

「周くん、それは比べるものではありませんよ。比べられたくはありません」

きっぱりと言われて、これは真昼に失礼だったなと眉を下げれば、真昼は周に向けて静かな表情を浮かべる。

「言っておきますが、比べる価値がないという訳ではなく、あなたの悲しみはあなたの悲しみであって、あなたしか持ち得ないものであり、私の悲しみと比較出来るものではないです。そこに優劣はありません。真の意味では周くんの悲しみを理解出来ないですし、逆も然《しか》りです」

「……ああ」

「私に出来るのは、あなたの悲しみを受け入れてあなたを支える事です。……周くんがそうしてくれたように、私も周くんを支えたいし頼ってほしいのですよ」

そう囁《ささや》いて周の両頬に掌《てのひら》をそっと沿わせた真昼に、自然と胸の奥と目の奥がじんわりと熱くなるのを感じた。

「……いつも頼りきりなんだけどな」

「精神的な意味で、です」

「いつだって頼ってるよ」

「……なら、もっと」

「甘やかさないでくれ」

「甘やかしますよ。幾らだって」

「ダメダメになるだろ」

「何を今更。周くんが駄目人間なのは前から知ってますけど」

さりげなく辛辣《しんらつ》な、そして否定しようのない事実を口にされてつい口許に力が入ってしまうのだが、真昼は呆れたような言葉とは裏腹に愛《め》でるような柔らかな眼差《まなざ》しをこちらに向けていた。

「……でも、すごく、いい人なのも、我慢強いのも、知ってます。私にくらい、甘えてくれていいのですよ」

ひたすらに優しく慈しむような甘い声で囁かれた声は、周が維持しているなけなしの堤防を決壊させようとしていた。

溢《あふ》れてしまえば、真昼に際限なく甘えてしまいそうで、怖い。

心底惚《ほ》れている女性に頼って縋《すが》って甘えてしまえば、その蜜の味に戻れなくなりそうで。

その勢いのまま、なし崩しに真昼を求めてしまいかねない。

自制のために緩《ゆる》やかに首を振って「大丈夫だから」と返すと、真昼はぱちりと瞬いた後、これみよがしにため息をついた。

「……周くんはカッコつけです。ばか」

今度は呆れたような声で可愛《かわい》らしく罵《ののし》ってきた真昼は、周の頬に触れさせていた両掌を後ろに滑らせて後頭部に回す。

それから、思い切り引き寄せた。

急な事に反応出来なかった周が真昼に誘われるように起伏に顔を埋《うず》めたところで、周の体は分かりやすく硬直した。

完全に顔を埋めるような場所に引き寄せられた訳ではないが、それでも真昼の心臓の音が聞こえる程の場所に、周の顔はある。柔らかさも当然感じるし、ミルクと何かの花の香りに青りんごのような爽《さわ》やかさを感じる香りをほんの少し加えたような、真昼特有の芳《かぐわ》しい香りを肺いっぱいに吸い込んでしまい、余計に混乱していた。

「つべこべ言わずに甘えてください」

「……すげえ強制的」

　こんがらがりそうな思考で何とか捻《ひね》り出《だ》した言葉は可愛げも何もないものだったが、真昼はその答えに楽しそうに笑って体を揺らした。

「今頃《いまごろ》気付いたのですか。女の子は時に強引なものですよ」

　悪戯《いたずら》っぽい声で囁いた真昼は、周が戸惑っている事も全《すべ》て知った上で優しく、そして逃さないように周の背中に手を回している。

　勿論女性の力なので振り解《ほど》こうと思えば振り解けるだろう。しかし、甘い香りと真昼のぬくもり、そして心地よい柔らかさと周を落ち着かせるような鼓動が、周から抵抗の力を根こそぎ奪っていた。

「……私、借りはしっかり返すタイプなんです」

　駄目だと分かっていてもこの温《ぬく》もりとふくよかさに身を委《ゆだ》ねたくなっている周に、囁き声が届く。

「私は、以前周くんに頼りました。あなたに甘えました。今度は私の番ですよ？　甘えてください。細《ささ》やかなお返しです」

「……お釣りが来るぞ」

「では余剰分は貸しにしておきましょう。いつかまた私が俯《うつむ》いた時に手を差し伸べてくだされば結構ですよ？」

譲る気はない、というのが分かる茶目っ気たっぷりな声に、周は全てを投げ出して真昼に身を預けた。

本当に細やかな抵抗として、そして周の心臓保護のため、真昼の背中に手を回して、顔を胸元《むなもと》ではなく鎖骨や首筋辺りまで逃してもたれる。

真昼はそんな周におかしそうに笑った後、全てを受け入れるように周の体をしっかりと抱きしめた。

「次からこういう事はしないように」

時間にして数十分。

体感時間にしてはもっと長く真昼に甘えさせてもらった周は、顔を上げ体を離してから真昼にやや尖《とが》った声を向ける。

怒っているのではなく羞恥《しゅうち》と真昼の無防備さへの注意からツンとした声になったのだが、真昼は気にした様子はなく微笑んでいた。

「私も周くんが落ち込むのは嫌ですので次からはもっと早く甘えるように」

「……それはちょっと」

しっかりと存在を主張する起伏をちらりと見て、視線を外す。

この甘え方をさせられるのであれば、出来れば遠慮したい。理性で歯止めをかけているのに、またしてしまえば簡単にセーブできなくなってしまいそうだ。

本人としては、周を信頼しているしこうしてもらうと落ち着くからしたのだろうが、女性が男性にするには些《いささ》か衝撃的なものだろう。

お陰で、胸の奥の痛みは鳴りを潜めたものの、痛みが落ち着いた事によって改めて心臓が痛みを感じだしているのだ。

「なぜ目を逸《そ》らすのですか」

「ああいう甘え方をさせられると、困る。その、俺も男だから」

「それは知ってますけど……」

「分かってないからな。ったく」

これ幸いと好きに顔を埋めて擦《す》り寄ったらどうするつもりなのか、真昼に問いかけたいくらいである。彼女はもっと警戒すべきであり、周にも許してはならない事があると理解してほしい。

次好きな女の子の胸に顔を埋めていいなんて誘惑をもちかけられたら、我慢出来る自信がなかった。

一度信頼すると何でも許しかねない真昼にため息をつくと、真昼は気に障ったようで瞳を細めて不満もあらわな表情を浮かべる。

「……周くんはちっとも分かってません」

けた。

「何がだよ」

「何でも、ですよ。ばか」

また可愛らしく罵《ののし》った真昼は、ぷりぷりと怒った様子でソファから立ち上がる。

真昼のお怒りの一線が分からずに困惑する周を置いて、真昼はキッチンに向かおうと背を向けた。

細く頼りなくて、でも周を支えてくれた真昼の後ろ姿をぼんやりと眺める。

小さく「周くんのばかばか」と本人が聞いているとは考えていないらしいぷんすかといった声の罵倒が続くので、周は肩を竦《すく》めて笑いながらその背中を見送ろうとして――。

「私があなた以外にさせる筈《はず》なんてないのに」

そうして、小さな呟きを耳が捉《とら》えてしまった。

息が詰まる。

何を言われたのか、一瞬頭が理解を拒むほど、周にとっては衝撃的だった。

はっ、と浅い呼吸を吐く。

それから胸の中で渦巻く強い衝動が、こみ上げてくる感情が、周を立ち上がらせ小さな背中に手を伸ばさせた。

「……なあ真昼」

「なんです、……かっ？」

振り返る前に、その華奢《きゃしゃ》な背中を隠すように周の体で覆《おお》えば、真昼の声がひっくり返った。

腕と体で包み込んでそのまま真昼に密着するように抱き締めると、か細い体が震える。

しかし、拒絶や嫌悪といったものではなく、ひたすらに驚きと困惑が体を揺らしている事は分かっていた。

小さな、それでいて頼れる、頼ってしまう、甘えてしまう体を包み込んだ周は、真昼が振り返らないように頭頂部に顎《あご》を乗せる。

「……前からはよかったのに後ろからだとビビるんだな」

「誰《だれ》だって急にされたら驚きます！」

「お前が甘えていいって言っただろ。まあ、こうなるって分かってたから遠慮したんだけどさ。……俺も心臓に悪いし」

本当なら、こんな真似《まね》するつもりはなかったのだ。あのままちょっと拗ねた真昼の背を見送るつもりだった。

けれど、あんな台詞《せりふ》を聞かされて、愛《いと》おしさが込み上げてきて、恥ずかしくて、でも嬉《うれ》しくて、頭がどうにかなりそうで――勝手に、体が真昼を求めてしまった。

力を込めれば折れてしまいそうな体を優しく、且《か》つ逃さないように捕まえる。

真昼はどうにかして振り返ろうとしていたものの、周が小さく「振り返るな」と耳元で囁くと真っ赤《まか》な顔で俯いた。その後「ばか」と呟かれた気がしたが、それを否定しきれる程周は賢くはないので甘んじて受け入れる。

（……ばかだよ、確かに）

こうして、弱った時に甘えて、その上付け入ろうとしているのだから、大馬鹿以外の何者でもないだろう。

真昼が拒まないのを良い事に、温もりを独り占めにする。今日真昼が周を受け入れるために抱き締めたように、以前真昼が周の背中に顔を埋めたように、周も真昼の後頭部に額を当てて真昼の温かさを味わう。

「前の俺の気持ちが分かったか」

「わ、分かりました、けどっ」

上擦《うわず》った声なのは動揺からだろう。

耳が赤いので、ここからでは視認出来ないが顔も同じ色になっているに違いない。あの時の真昼の状況と違うのは、周はこうする事で真昼がどういう反応になるのかを薄々察して、受け入れてくれると知って、甘えた事だ。

「……あのさ。別に、傷から今も出血している訳じゃないし、俺は結構図太いし、本当に心配されるほどじゃないんだ。こうして甘えてるのも、お前の優しさにつけこんでいるだけだよ」

拒まれる事なんてないと分かってやっているのだから、自分でも質《たち》が悪いと理解していた。

真昼は静かに周の言葉を聞いて、それからそっと吐息を落とす。

「……それで周くんが満たされるのであれば、癒やされるのであれば、私は拒みませんよ」

縮こまるだけで大人しかった手が、今真昼を捕まえている腕に伸び、そっと優しく触れる。

払いのけるでもなく叩《たた》くでもなく、ただ寄り添うように手を添えて、大切そうに触れるものだから、周は調子に乗らないように自分に言い聞かせつつ、こつんと真昼の後頭部にもう一度額をくっつけた。

「俺は、ずるいやつだよ。受け入れてくれるのを知って、お前に寄りかかった」

「何を言ってるのですか。周くんがずるいのはいつもの事です」

「……それ何か別の事も混じってる気がする」

今回のは明確に自分が卑怯《ひきょう》なのを理解していたが、真昼の言うずるいは周の知覚していない何かな気がする。

「ええ、ご自覚あるなら直してください。心臓に悪いですっ」

「心当たりはないし」

分からないものは分からない、と返せば真昼から「むむ」と可愛らしい声がこぼれて、それから周の腕をぺちんぺちんと抗議するように叩く。

痛みはなく戯れのような触れ方に愛おしさを覚えて、静かに笑った。

「ごめんな、ずるくて」

「……どうせずるくなるなら、もっとずるくなればいいのに」

「さっきと言ってる事矛盾してるんだけど」

「それはそれ、これはこれです」

「ええ……」

真昼の事が分からなかったが、本人なりに何か思うところがあるのなら、周はそれを否定出来ない。

真昼からして周がずるいなら、ずるいのだろう。もっとずるくなれ、と言われても分からないからそれには応《こた》えようがないが。

「私もずるいので、あまり文句を言えた義理ではないのですけどね」

「真昼のどこがずるいんだよ」

「どこでしょうね」

微《かす》かに体を震わせた真昼は、恐らく笑ったのだろう。

「私のずるに気付かないうちは、周くんもまだまだなのですよ」

声だけでも、今日一番楽しそうに笑ったと分かる。

あどけない笑い声を上げた真昼は、するりと周の腕から滑るようにすり抜けて、周を振り返る。

その時浮かんでいた表情は、瑞々《みずみず》しく、いたずらっぽく、優しく、甘く、見る者を魅了するような可愛らしくも美しい笑みで、周は言葉を失った。

そんな周に満足したような真昼は笑みをいつものものに戻して、上機嫌そうにキッチンに向かうので、周は真昼がキッチンに入るのを見てそのままソファに倒れ込むようにどかりと座った。

（……真昼も大層なばかだよ、このばか）

あんな笑顔を見せて周の心臓をどうしたいのか、と問い詰めたくても今真昼の顔を見てしまえば言葉を紡《つむ》げないので、この場で小さく唸《うな》るしか出来ない。

胸の奥にあった痛みは、もうなかった。

第12話
両親の心配と過ぎ去る痛み

「……母さん、勝手に真昼《まひる》に写真を送るな」

ゴールデンウィーク最終日、周《あまね》は志保子《しほこ》に連絡を入れていた。

一応母の日を前にして在宅かどうかを聞くつもりだったのだが、それよりも真昼に写真が横流しされていた事への抗議の意味合いが大きい。まだ悲惨な写真は洩《も》れていないが、あの志保子の事なので真昼がねだれば普通に送るだろう。

挨拶《あいさつ》もそこそこに急に不機嫌そうな声を投げられている志保子は『あら、バレちゃったの』とあっけらかんとした声で返す。

確実に、反省をしていない。

「真昼が挙動不審だったから問い詰めたら写真もらったって」

『真昼ちゃんも詰めが甘いわねえ。ポーカーフェイスしないと』

「送った事を反省しろ」

お陰で真昼の画像フォルダが変な方向に潤っていて、いつ増えるか気が気でない。真昼が何故《なぜ》か楽しそうにしているので無理にも止められず、諸悪の根源である志保子を止めた方が早いと学んだ。

ただ、志保子は悪びれた様子は一切《いっさい》ない。

『可愛《かわい》い息子の写真を可愛い娘に送って何が悪いのよ』

「どこから間違いを訂正したらいいんだ。……とにかく、勝手に送るな」

『じゃあ許可取ったらいいのかしら。真昼ちゃん、喜んでたのだけど』

「せめてこっちに選出の許可くらい与えろ。恥ずかしい写真とか送られたらと思うと死ぬ」

『大丈夫よ、お風呂《ふろ》の写真は送ってないわ』

「送ってたら母の日ボイコットするぞ」

なんてものを選択肢に入れていたんだ、とこの場には居ない志保子の代わりにスマホを睨《にら》みつける。

周の心境を知らない志保子は『うふふ』と楽しそうな笑い声を上げているので眉《まゆ》を釣り上げそうになったのだが、続けて『なんだかんだ毎年労《ねぎら》ってくれるわよねえ』と声が聞こえたので文句の声は飲み込んだ。

「……そりゃまあ、母親だし」

基本的に鬱陶《うっとう》しかったりしつこかったりして辟易《へきえき》する時も勿論《もちろん》あるが、お腹《なか》を痛めて自分を産んで健やかに愛情たっぷりに育ててくれた志保子には、当然感謝している。

両親のお陰で、歪《ゆが》まずに育ったし傷ついた時も立ち直れた。多少、ひねくれはしたが。

ただ、正面から母親に感謝するというのは、年頃《としごろ》の青少年には気恥ずかしい事なので微妙に口籠《ごも》ってしまうのだが、そんな周を見透かしたかのように軽快な笑い声を上げた。

『いい子に育ってくれてお母さん嬉《うれ》しいわ。今年のお花も楽しみにしてるわよ』

「……おう」

『あと、真昼ちゃんを夏にはご招待するのよ？　私楽しみにしてるんだから』

帰省を心待ちにしている志保子には「分かってるよ」と素っ気なく返せば、また笑われた。

「まあ、真昼も行きたがってる。楽しみにしてくれているみたいだよ」

『周も楽しみそうに聞こえるけど？』

「うるさいな」

真昼と夏も過ごせるというのはありがたいし嬉しいが、それを実の母親にからかわれるのは面白《おもしろ》くない。

一気に機嫌が悪い声になったが、志保子には通用せず電話の向こうで愉快そうな笑い声を上げ続けている。

『ふふ。よかったわ、地元に帰る事が嫌でないみたいで』

「……嫌じゃないよ」

一年生の夏頃《ごろ》はあまり進んでは帰ろうとしなかった事も気にしていたのだろう。

今の周は、前よりも帰省は前向きだ。

過去を忘れた訳ではないが、辛酸《しんさん》を嘗《な》めさせられた事も、今となっては結果的によかったのかもしれない。あのまま騙《だま》されてお人好《ひとよ》しのまま、搾《しぼ》り取られるだけ搾り取られるより余程いい。

それに、彼らの面影から逃れようとしなければ、真昼と出会えていなかった。

「これ以上あの事でうじうじしてたら、真昼が色々としてくるし。何かもう、どうでも良くなってきた」

『真昼ちゃんに伝えたの？』

「まあ」

『よかったじゃない。あなたを深く理解してくれる人が増えたのだし』

明るい声で祝ってくれる志保子に、少しだけ胸が熱くなった。

「……ああ」

『じゃあ遠慮していた周の中学時代の写真もいいかしら。身長が伸びてきて私の背丈を抜かした時のドヤ顔してる写真とかあるのだけど』

「おいこらふざけんなやめろ。なんてもの残してるんだ」

親からの愛に感動したのも束の間とんでもない事を言われて、一気に感動が吹き飛んだ。

『可愛い息子ですものー』

「ちくしょう今度帰った時にアルバムから処分してやる」

『そのアルバムは隠しておくから大丈夫よ』

「絶対に見つけてやる」

真昼の視界に入る前に処分しなければ、志保子から横流しされた画像の感想を真昼がにこにこしながら述べてきそうだ。

強い決意の下宣言すれば電話の向こうで大きな笑い声が聞こえてきた。恐らくお腹を抱えて笑っているに違いない。

その余裕そうな笑い声が腹立たしくて「じゃあな」とそっけない声で電話を切ってため息をついたところで「……何してるんですか?」と小さな問いかけの声が聞こえた。

振り返れば、リビングの入り口辺りでこちらを窺《うかが》ってくる真昼が居る。どうやら話し声がしたからか音を立てないようにして家に入ってきたらしい。

不思議そうな顔に、周は目を逸《そ》らす。

「母さんと電話して実家のアルバム破棄を決意した」

「な、何て事を言うのですか!　もったいない!」

何故《なぜ》か食い付いてきて反対してくる真昼に頬《ほお》を引きつらせると、真昼はぷりぷりとお怒りのようで隣に座って周の二の腕をぽこっと叩《たた》いてくる。

「真昼は何を期待してるんだ……」

「それは勿論昔の周くんのお写真を見る事を……」

「やだ」

「……やはり志保子さんとの裏取引をするしか」

「おいこら」

「半分は冗談ですよ」

「残り半分が気になるところだが、今は追及しないでおこう。まったく」

放っておいたら志保子と結託して余計な事をしそうな気がしなくもないが、真昼は基本的には良心的なのでひどい事にはならないだろう。そう信じている。

これみよがしにため息をついたが、真昼は気にした様子はなさそうで、むしろ楽しそうに口許を綻《ほころ》ばせている。

「……周くんには悪いなって思うのですけど、夏休みが楽しみです」

「まだゴールデンウィークも終わってないのに気が早いな」

「だって。……志保子さん達と会うのも楽しみですし、周くんのアルバムを見るのも楽しみですし、周くんが育った場所をこの目で見るのが楽しみですよ」

「アルバム以外はありがとう。アルバムは駄目」

不意に可愛らしい事を言われて胸がドキリと跳ねたものの、余計な目的を添えられていたので却下すれば不満げな顔を向けられた。

周にだけ見せるその幼い顔付きにくすぐったいものを感じつつ、アルバムの存在から意識を逸らさせるために頭を撫《な》でる。

　真昼は、周に頭を撫でられるのが存外好きらしい。繊細な髪を乱さないように優しく表面を撫でると、まだちょっぴり不満げだったが大人しくなる。

「……帰省は、俺《おれ》も楽しみにしてるよ」

「本当ですか？」

「何でそこで俺が嘘《うそ》つくんだよ」

「……だってその」

　言《い》い淀《よど》んだのは、昨日の事を思い出したからだろう。

「別に、あいつらの事はもういいよ。真昼が怒ってくれた事実だけで充分だし。なんつーか、幸せ者だなって思ってる。俺のために本気で怒ってくれる人が居るって」

　我ながら単純なものだが、周の抱えていた傷そのものを受け入れて支えてくれた、それだけで傷は大分癒えていた。

　それに、いつまでも引きずっていると、真昼が甘やかそうと手を尽くしてくるので、落ち込んでいられないと分かったからでもある。

　流石に我を失いたくないし駄目駄目になりたくないので、気にしていられなくなった。

「周くんが傷付けられたら、当然怒りますよ。周くんだって私が他人に傷付けられたら怒るでしょう？」

「当たり前だろ」

「つまりはそういう事です」

少し弾んだ声音《こわね》で囁《ささや》いた真昼は、そのまま瞳《ひとみ》を閉じて周が撫でるのを心地よさそうに受け入れている。

確かな信頼を感じて面映《おもは》ゆさを感じつつ真昼のお望み通りに優しく頭を撫でれば、真昼は美しく微笑んで周にもたれた。

第13話 休み明けの波乱の予感

長いようで短かったゴールデンウィークが明けて、学校が始まる。

（……やっと真昼《まひる》から少し距離を置ける）

ゴールデンウィークは、ほぼほぼ真昼が周の家に居た。許可していたしご飯を作ってくれるのはありがたいし、好きな女性と一緒の時間を過ごせるというのは嬉《うれ》しい事だ。

ただ、真昼に受け入れられた日から、余計に真昼の事を想《おも》う熱量が増えて、内心の整理が大変なのだ。

周に全幅の信頼を寄せてくれている真昼は周の事を甘やかすし逆に甘えてくるので、その度に周の心臓と理性がトレーニングを課される。

触れる事を許すのは周だけ、そういう態度を取られて、周としては抑え切れなくなりそうだ。むしろここまで我慢している事を褒めてもらいたいくらいである。

今なら我慢しなくとも求めたら、応《こた》えてもらえるのではないか――そう思うくらいに、真昼は周の事を受け入れている気がするが、流石に告白まで勇気が湧《わ》かない。

もし断られたらと思うと、凹《へこ》んで立ち直れない自信がある。

好いてくれているのではないかと思う反面もしもが怖くて実行に移せない自分の情けなさを恥じるのだが、受け入れてもらえても真昼の隣に立てる程周は優れていない。

（……努力しないとな）

顔立ちはどうにもならないものがあるが、体格や頭脳面で磨ける範囲のものは磨いていこうと思っている。せめて、隣に立っても後ろ指を差されないように、真昼に恥をかかせないように。

実際に真昼が周を異性的に好いているのかはともかく、努力して損はないだろう。惚《ほ》れてもらう努力もしないで好きになってもらえるとは思わない。

後で現役《げんえき》陸上部エースであり羨《うらや》むような均整取れた体つきの優太《ゆうた》にオススメのトレーニングを教えてもらおう、と決めながら校門をくぐり下駄《げた》箱にたどり着いたところで、見慣れた顔を見付ける。

「はよー。……どうしたその顔」

ゆっくりと上履きに履《は》き替えていた樹《いつき》は、周の顔を見て訝《いぶか》るように眉《まゆ》を寄せる。

「こっちの台詞《せりふ》なんだが。何かおかしいか？」

「いや、うーん……何というか、腹くくった顔してるから。もしかしてとうとう告白したのか」

「ぶっ。んな訳あるか！」

当たらずも遠からずな言葉に思わず吹きそうになって眉尻《まゆじり》を吊《つ》り上《あ》げると、樹は心底不思